犬は知っている

大倉崇裕

双葉社

目次

装画　伊藤彰剛
装幀　bookwall

犬は知っている

第一話　犬に囁く

一

病院の廊下には、目を輝かせた子供たちが五人、待ち構えていた。

「ピーボ、来たね！」

「ピーボ」

笠門《かさかど》達也《たつや》巡査部長は、リードを握る手を少し緩めた。誰も笠門の事は見ていない。子供たちの後ろから、微笑みながらやって来たナースステーションの看護師たちもだ。彼らの輝くような笑顔の先には、一頭のゴールデンレトリバーがいる。体高五十センチ、光が当たると犬種名の通り金色に輝く毛に覆われている。長い耳に、トロンとした優しい目、口をわずかに開き、廊下の真ん中をゆっくりと静かに歩いて行く。

ピーボ、七歳の雄。ここ警察病院のファシリティドッグである。

「ピーボ、ありがとな」

十歳になる男の子が頭をなでる。難《なん》治《ち》性《せい》喘息《ぜんそく》で長期入院していた子だ。治療が終わり、明日、退院予定なので、ピーボと会うのは今日が最後となる。

ピーボもその事を理解している。椅子に座り、頭をなで続ける男の子の前で、薄く目を開いたまま動かない。

一方、母親に支えられた六歳の女の子が、ピーボの尻尾を小さな手で握ろうと奮闘していた。女の子は小《しょう》児《に》癌《がん》で、来週、手術の予定だと言う。ピーボは彼女の動きに合わせて、小刻みに尻尾を振る。

「わぁ、犬だ！」

初めてピーボを見た男の子が大声を上げた。笠門は反射的に緊張し思わずリードを握る手に力が入ってしまった。それでもピーボは動かない。そう訓練されているからだ。

ピーボと子供たちがふれ合っているのは、五階小児科病棟のナースステーション前に設けられた遊戯スペースだ。絵本や知育玩具が柔らかなマットの上に置かれている。本棚の前に女の子が一人、やや強ばった顔で座っていた。初めて見るピーボが、怖いらしい。

彼女の横にいた母親と思しき女性がさっと近づいてきた。

「あの犬は警察犬なんですか？」

よく尋ねられる質問だった。

「違います。ピーボはファシリティドッグとしての訓練を受けた犬で、警察犬ではないんです」

「ファシリティ？」

「こうした病院で患者さんに寄り添う、つまり、恐怖や苦痛といった精神面の負担を和らげるために働いている犬の事です。セラピードッグとも、少し意味合いが違ってくるんですよ。特定の病院に常駐するための専門的な訓練も受けています。能力がないとなれないですし、患者の治療計画にも介入します」

「治療計画にも？」

「ええ。動物介在療法と言います。ピーボは病院のスタッフとして、毎日、ここに出勤してくるんです」

「あなたは、警察官？」

笠門は濃紺のシャツに同色のパンツを着用し、黒いウェストポーチをつけている。警察官に見えなくても不思議ではない。四十歳にしてこの格好には多少抵抗もあったが、動きやすさなどを考えた上で正式に決められたものなので、いたしかたない。

笠門は苦笑いを交えつつ、うなずいた。

「五年ほど小児科の看護師をしていたのですが、思うところあって、警察官になりました。ファシリティドッグのハンドラーになるには、看護師としての経験が求められるんです」

「へえ、大変なのね。でもピーボ、とってもかわいい」

「名前はピーボなんです」

「ピーボ？　ピーポじゃないの？」

「もともとピーポだったんですけど、子供たちは言いにくいらしくて。いつのまにか、ピーボに訊ったようです」

「うちの娘はピーボが怖いみたいで、近寄ろうともしないの。それに……」

　母親の表情が曇った。

「入院が長引きそうで」

「ピーボはほぼ毎日、ここに来ますから、少しずつ慣れていきますよ。何かあったら、いつでも声をかけて下さい」

　母親は礼を言うと、娘のもとに戻っていった。入れ替わりに小児科病棟担当の看護師長、畠中《はたなか》が来て、笠門の隣に立つ。

「ピーボが来ると、みんなの顔つきが変わるのよ」

「訪問を始めて来週で一年ですよね。大分、浸透してきたみたいで」

「この間は、手術室の前まで付き添ってくれたでしょう？　あれにＯＫが出るとは、正直、思ってなかったけど」

「それで、手術の結果は？　脳腫瘍のお子さんでしたね」

「手術は成功。術後の経過も順調よ。ピーボと会うの、今日は無理だったけど、そのうち許可が出るんじゃないかな」

「それは、良かった」

「ところで、今日は行くんでしょう？　特別病棟」

「ええ」

「憂鬱そうだから、すぐ判った」

笠門は苦笑する。

「師長に見抜かれているんだから、ピーボにはとっくだな」

「特別病棟の患者さんたちだって、同じ人間よ。ピーボにとって、相手が誰かなんて関係ないと思う。善人だろうが、悪人だろうが」

「頭では、判っているんですがね」

「さて、そろそろ一時間たつから、休憩の時間ね。終わったら、そのまま特別病棟に行ってもらって構わない」

「了解」

笠門がうなずいた時、ピーボは既に姿勢を変え、移動の準備を始めていた。

彼には何でも判るのだ。

二

最上階である七階でエレベーターを下りると、白く無機質な壁が左右に延びている。笠門はピーボと共に右へと進む。十メートルほど進みさらに右へ曲がると、目の前に緑色の扉が現れる。天井には監視カメラ、壁には指紋認証用のモニターがある。

モニターに右手人差し指を押し当てると、扉がゆっくりと横に開いた。

左手に壁、右手にナースステーション。その手前には制服警官が二名、立っていた。左側に立つ女性警察官の浜尾《はまお》が敬礼をした。

何度も会っているので、もう顔なじみだ。

敬礼を返し、言った。

「笠門巡査部長とピーボ号、定期巡回に参りました」

浜尾は手にしたファイルにちらりと目をやると、固い表情のまま告げる。

「本日の巡回は七〇二号室。巡回対象者は、五十三番、氏名は堀《ほり》隆《りゅう》太郎《たろう》、男性、三十一歳」

「末期癌の患者ですね。巡回はこれで三度目」

「容体が思わしくないようです。巡回は恐らく、これが最後になるかと。面会時間は通常通り三十分。何かあった場合は、看護師長にすぐ連絡を」

感情がこもるのを拒否するかのように、彼女は早口でまくしたてた。

「判りました」

一連のやり取りを、ピーボは微動だにせず、正面を見つめたまま聞いている。

このときばかりは、ピーボの真意が摑めない。

ピーボ、おまえ、本当はやりたくないんだろう？　こんな事。

ピーボは顔を笠門の足にこすりつけてきた。表情はまるで微笑んでいるようだ。

笠門はピーボの脇にひざまずき、リードと繋がっている首輪をそっと外した。特別病棟内で着ける首輪とリードはどちらも黒色だ。首輪は従来のものより少し厚く、留め具も大きい。腰につけた専用のポーチからそれらを取りだす様を、ピーボは褐色の目で穏やかに見つめている。

「よし、着けるぞ」

首輪を装着する。ピーボは大人しく従う。リードを手首に巻き、しっかり握ると、笠門は言った。

「さあ、行くぞ、ピーボ」

彼は既にスイッチを切り替えていた。笠門の歩行に合わせ、いつもと変わらぬ様子で、真横を歩いて行く。

ナースステーションの前を通っても、笑顔の出迎えはない。看護師たちは、笠門たちと目を合わせぬよう、そわそわと動き回っていた。

ステーションを通り過ぎると短い廊下があり、部屋が左右に四つずつ並んでいる。すべて個室で、全八部屋。現在は、満床である。

病室のドアは開いたままで、廊下の真ん中には警官が一人、立ち番をしている。がっしりとした体格で、ピーボを見ても眉一つ動かさない。

笠門は一番手前、向かって左側の部屋の前に立ち、壁に貼られたネームプレートを確認、壁を叩いてノック代わりにすると、ピーボを連れて中に入った。

大きな窓はカーテンが下ろされ、昼間ではあるが明かりがついている。部屋にあるものは、ベッドと医療器具のみで、テレビはもちろん、戸棚、冷蔵庫の類いも一切、見当たらなかった。

ベッドの周囲には様々な医療器具が並び、血圧、脈拍などの波形が、モニターに現れていた。ベッドに横たわっているのは、痩せ衰えた男性である。頭髪はなく、まるで骨が寝ているように見える。皮膚はカサカサに乾き、病院着の裾から見えている手首は枯れた枝のように細かった。落ちくぼんだ目は閉じられており、灰色になった唇が痙攣でもしているかのようにピクピクと動いている。三十一歳とあるが、とてもそうは見えない。

そんな男の目が突然見開かれ、ベッド脇に立つピーボへと向けられた。

「……来たか」

堀隆太郎。二〇一五年から一六年にかけて、関東一円で九人を殺害した死刑囚である。

かろうじて聞き取れるほどの掠れ声で男は言うと、笠門の存在など無視し、ピーボに向かって手をだそうとした。もはや体を起こす力もなく、低いうなり声を発しながら、数分をかけ指先数センチをベッドの縁からだした。

「もう来ないかと思ってた」

笠門は、患者への接触を禁じられている。堀隆太郎が手伝って欲しい素振りを見せたとしても、何もする事はできない。また、するつもりもなかった。

笠門は来客用の折りたたみ椅子を取り、ベッドの横に置いた。ピーボはひょいとその上に飛び乗ると、堀の方を見ながら座った。

直接触れる事はできないが、ピーボとの距離が近づき、堀の表情は幾分、和らいだように見える。

「かわいいな、おまえ」

笠門は堀の様子を確認しながら、静かに病室を出た。廊下の壁に寄りかかりながら、ポーチからイヤホンをだし、耳につける。立ち番の警官がチラチラとこちらをうかがっていた。

そんな顔でこっちを見るな。言いたい事は判っている。

イヤホンからの音に集中する。耳障りな雑音に混じり、病室内の音が聞こえてきた。

「おまえは……ああ……痛てぇ……」

堀のうなり声。意味不明の言葉の羅列が、ポツリポツリと発せられる。

腕時計で時刻を確認する。まだ十分しかたっていない。あと二十分。

「……会うの……最後だろうな」

ふいに、堀の言葉が明瞭になった。思わずイヤホンに手をあてる。

「死刑じゃねえぞ。病気で死んでやんだ」

末期の膵臓《すいぞう》癌だ。痛み止めなどで意識は半ば朦朧としており、まともなやり取りは難しいと聞いていた。

それでも、セラピードッグやファシリティドッグを前にした時、患者は思いがけない反応を示す事がある。認知症で家族の呼びかけにもほとんど反応を示さなかった女性が、犬を見た瞬間、強い反応を示し、犬を抱きしめたり、かつて飼っていた犬の名前を呼んだりした事例も報告されている。

それらと似た反応が、堀にも起きているのかもしれない。

ともすれば、周囲の雑音にまぎれてしまいそうになる掠れ声に、意識を集中する。

「……いい気味だなぁ」

特別病棟担当の看護師長柴田《しばた》が、こちらをうかがっていた。そのまま待機だと、身振りで伝える。

そこから十分、無音が続いた。堀がどんな様子なのか、確かめる術はない。笠門が部屋に入れば、堀はすぐに心を閉じてしまうだろう。

頼りはピーボだけだった。椅子に乗ったピーボは、いまこの瞬間も微動だにせず、堀を見つめ続けているはずだ。

残り時間が五分を切った。

撤収の準備にかかろうとした瞬間、堀の声が耳を打つ。

「九人殺した――今さら、詫びるつもりもないんだ。だが最期に、おまえにだけ喋っちゃうよ。七件目はオレじゃねえんだ」

三

「おまえが送ってくれた録音データを聞いたよ」

須《す》脇《わき》文《かざる》はデスクのパソコンをゆっくりと閉めた。

四十二歳になる警視正は、ズルズルと鼻をすすりながら、不快気に窓の外を見た。

「花粉だよ。年々、酷くなる。もう五月だっていうのになぁ」

桜田門にある警視庁本部の七階。そこから見える景色は実に穏やかなものだった。皇居の緑も勢いを増し、かすみを帯びた空からは、柔らかな日差しが降り注ぐ――。

須脇はしばし黙りこんだ後、部屋の隅に座るピーボを見た。

「今回もいい仕事をしてくれた」

須脇の褒め言葉を、笠門は苦々しい思いで嚙みしめる。それに気づかぬ須脇ではない。

「そう思い悩む事でもないだろう。凶悪な犯罪者から情報を引きだしているんだ。始めて一年、成果もかなりだしている」

「はい……」

　言いたい事は山ほどあるが、ピーボが見ている。彼の前では、なるべくネガティブな反応を見せないよう心がけていた。

「つまり、捜査を始めるという事で、よろしいですか」

「当然」

「では、捜査資料その他、必要なものを……」

「もう手配済みだ。ただし、今後は俺からではなく、捜査資料編纂室で一括して受け取ってくれ。こう見えて忙しいのでね」

「警視庁総務部総務課課長。こんな一人部屋に押しこめられて、忙しいも何もないでしょうが」

「何も知らないくせに。総務課は最近、新設部署が多くてな。いろいろ大変なんだ。今言った資料編纂室も今度、総務課の管轄になったんだよ」

「俺とピーボにも、何か部署名がいただけるんですかね」

「どうしたもんかな。考えとくよ」

　須脇がパソコンを開いた。話は終わりという合図だ。

　笠門はピーボに近づき、微笑みかける。こちらの意図を察し、すぐに立ち上がった。

「ピーボ、俺たちの部署名、何がいい？」

　無論、ピーボは何も答えない。

資料編纂室なるものがどこにあるのか。受付も含め、誰に聞いても知る者がなく、結局、二階にある互助組合のベテラン従業員にたずね、ようよう判明した。

　地下三階の一番奥。薄暗く長い廊下を進んだ先の突き当たりに、資料編纂室はあった。扉を開くと、そこは書類の墓場だった。うずたかく積まれた段ボール箱が、山脈のように連なり、かなり広い部屋を埋めている。中には天井近くまで達するものもあり、それらが蛍光灯の光を遮って、不気味な雰囲気を醸しだしていた。

「何だここは？」

　ピーボを互助組合に預けてきてよかった。互助組合のおばちゃんたちは、ピーボのもてなしが上手く、彼にストレスを与える事なく過ごさせてくれる。外出時にピーボから離れる事は極力避けているが、おばちゃんたちの助けが得られる時は例外としていた。

「あのぅ」

　笠門は戸口から呼びかけてみた。人の気配がまったくない。

「総務課の笠門ですが、資料を受け取りにきました」

シュイィイイン。部屋の奥から奇妙な音がした。壊れたエアコンの上げる悲鳴、あるいは古びた冷蔵庫の断末魔。そんな感じの音だ。

「誰か……いませんか？」

　笠門は部屋に足を踏み入れた。左右に箱が積み上がってはいるが、間に一本、人一人が通れるほどの隙間が空いている。これはつまり、道だ。モーゼのごとき気分で、笠門は進む。

シュイィイイイン。またあの妙な音だ。

道は入り組んでいて、迷路のようだ。一本道なので迷いようもないが、箱が崩れ道が塞がれたら、天下の警視庁本部内で行方不明となってしまう。

右に曲がり、その先を左。曲がったところに、小ぶりのデスクがあった。載っているのは、古びたパソコンだ。本体はひと抱えもあり、モニターはブラウン管である。

「シュィィィィン」

スリープしていた画面が白く光り、パソコンが起動した。

さっきからの音ってこれ？　誰もいないのに、なぜ起動したんだ？

「こら、ポルタ！」

真後ろから突然声が聞こえ、笠門は飛び上がった。

「うわぁぁぁぁ」

「うわぁぁぁぁ」

叫び声が二人分、上手い具合にリンクする。

「いきなりびっくりするじゃないか！」

「いきなりびっくりするじゃないですか！」

立っていたのは、二十代に見える女性だった。スーツ姿で、大きくて丸いメガネをかけている。

女性は段ボール箱を抱え、不審げに眉を寄せていた。

「勝手に入って来ないで下さい。ここは部外秘の資料がいっぱいあるんですから」

「扉のところで声をかけた。待っていたら、妙な音が聞こえた。だから入ってきたんだ」

「それで、ご用件は？」

「総務部総務課の笠門巡査部長だ。捜査資料を貰いに来た。須脇課長から聞いていないかな」

「ああ」

女性の表情が幾分、マイルドになった。

「それなら、いま入力中です。今朝、急に頼まれたので、最優先でやっているんですけど」

「それは……何とも、申し訳ない」

「少し待っていてもらえますか」

「もちろん」

「あ、私は資料編纂室の五十嵐《いがらし》いずみ巡査です」

「ほう。コマンドーだな」

「それ、よく言われるんですけど、何の事です?」

「いや、知らなくていいと思う」

「それじゃあ、かかりますね」

「一ついいか。さっき、ポルタとか何とか言ってたな。君のほかに、何かいるのか?」

いずみはニンマリと得体の知れない笑みを浮かべた。

「ポルタはこれの事です」

指さしたのは、パソコンだ。

「編纂室専用のパソコンです。見た目は古いですけど、中身は最新式なんですよ」

「ポルタってのは、パソコンのあだ名?」

「そんなものです。それ以上の事は部外秘って事で」

いずみは椅子にかけると、旧式のパソコンに向かい、なめらかな手つきでキーを叩き始める。

邪魔するのも申し訳ないので、笠門はそれ以上の質問を止めた。

埃臭い箱だらけの部屋に、キータッチの音だけが響く。腰かける椅子とてなく、立ったまま作業の終わりを待たねばならない。離れているピーボの事も心配だ。

「笠門巡査部長は、ピーボ号のハンドラーですよね」

いずみの方から話しかけてきた。

「ああ……うん」

「実は、私も元看護師なんです」

「君も？」

「犯罪の被害に遭われた方の担当になって、話とか聞くうちに……まあ、何と言うか……」

「社会正義に目覚めた？」

「そんな格好いいものじゃないんですけど、警察官なら、病院に来る前に、その人たちを救えるんじゃないかなって」

同じ経歴を持つ者が、他にいるとは。

「笠門巡査部長は、どうして？」

「すべての人を救えるわけじゃない、その現実を直視できなかった。特に患者が子供の時は……」

「判ります」

「逃げるように看護師を辞めて、まったく逆の世界に挑戦したくなったんだ。当時の俺にとって、それが警察官だった」

「それも、ちょっと判ります」

「ただ、採用されてみれば、鑑識課、それも警察犬担当。面食らったけど、まあ、性には合ってたな。だけど、その後もいろいろあって、結局また、病院に戻ってきた。何やってんだかって感じさ」

　笠門は苦笑しつつ、続けた。

「でもまあ、それはそれでやり甲斐のある仕事だと思っている。君は？」

「同じです。資料入力ばかりの毎日ですが、それはそれで、やり甲斐があります」

「気が合うな」

「巡査部長のおっしゃるやり甲斐というのは、やはり特別病棟の件も含めてですか？」

　その一言に緊張が走る。

「……どこまで、知ってるんだ？」

「まだほとんど何も聞かされていません。巡査部長から聞くようにと、須脇課長から指示を受けています」

「マジか」

「マジです。今後も資料の入力とまとめを続けるのなら、ある程度の情報は共有していただかないと。それで、いくつか質問があるんですけど、特別病棟で治療を受けているのは、刑務所内で病気になった囚人たちですよね」

「ああ」

「ですが、刑務所内で発病した場合、通常は東日本成人矯正医療センターに移送されるのではないのですか？」

「そうだ。だが昨年、例外的な措置として、警察病院内に特別病棟が設置されたんだ」

「例外的とは？　何か基準みたいなものがあるんですか？」

「判らん。判断は須脇課長を含む上層部がする」

「データを見ると、重症の人が多いですね」

「ちょっと待て。データを見るって、あれは部外秘のはずじゃあ……」

「資料編纂室って、色んなデータへのアクセス権があるんです」

「しかし、警察病院は警察職員の出資でできたとはいえ、あくまで民間の病院だぞ」

「そうはいっても、やはり警視庁職員が多く関わっていますから、カルテや入院患者の氏名も全部、ここに」

「それって、ほとんどハッキングの域なんじゃ……」

「私は何もしてません。ただ、アクセスできちゃうんです」

「できちゃうって……」

いずみは表示されている特別病棟入院患者のデータに目を凝らしている。キーを打つ手は完全に止まっていた。

「七〇二号に入院中の堀隆太郎の起こした事件が、今回の資料ですよね」

「ああ」

「二〇一五年から一六年にかけ、九人を殺害した罪で死刑判決……」

「ヤツは人じゃない。鬼だ。金欲しさに若者三人を殺害し一年にわたって逃走。その間に計六人を殺害した……事になっている」

「殺害時に自身の犯行であるとの証拠を残し、戦利品を持ち去る……ってあるんですけど。完全に異常快楽殺人者じゃないですか」

「まず標的の右手人差し指を折る。その後、頭部、顔面への殴打を加え、最後に折れた歯を一本持ち去る。まともじゃないよ」

「でもその件は、当時、伏せられていたんですね」

「ああ。犯人しか知り得ない秘密ってヤツでな。逮捕後公表された時は、大騒ぎになった」

「死刑判決は当然といえば当然か……。ですが、その資料をどうして今ごろ？」

「昨日、ヤツが白状した。九件の殺しのうち、一件は自分ではないって」

いずみは困惑の表情を浮かべ、笠門をふりあおぐ。

「お話の意味がよく判りません」

「堀のことを鬼だと言ったが、俺のやっている事、これを考えたヤツは、本物の悪魔だよ」

「……じゃあ、ウワサはやっぱり本当だったんですね」

「どんなウワサだい？」

「特別病棟に入院している人たちは、取調べや裁判でも証言しなかった秘密を抱えている。その秘密をファシリティドッグを使って聞きだしている——」

「有罪判決を受け服役してなお、秘密を守り通す。犯罪者として筋金入りのヤツらだ。でも、どんなに意志の強いヤツでも、激しい痛みや死が迫る瞬間に、ふと気が弱くなる事もあるだろう。

そこに、張り詰めた自分の感情を癒やしてくれる天使のような生き物が現れたら、どうなると思う？」

いずみの表情には、驚きと共に、微かな嫌悪が浮かんでいた。

「つい、本当の事を漏らしてしまうかもしれません」

「俺とピーボがやっているのは、そういう事さ。特別病棟に入るとき、ピーボの首輪を替える。録音用のマイクが仕込まれたものとな。俺はイヤホンをして廊下で待機、中の様子に聞き耳を立てる。このやり方で、俺とピーボは既に三件の証言を得た。三件とも未解決の事件で、証言を元にすべて黒幕が逮捕された」

「大手柄ですね」

「証言をした服役囚三人、全員が直後に病死している。死の淵にいる者を欺《だま》して、手柄を得ている。それが本当の手柄かね」

いずみは何も答えず、入力作業に戻った。

「アクセス権があると言ったな。俺の経歴も調べたんだろう？」

口にする必要のない事まで、口にしてしまう。自分が思っている以上に、自分は参っているようだ。

いずみは作業を止める事なく答えた。

「元鑑識課警察犬係。山中に逃げこんだ容疑者捜索活動に従事中、パートナーである警察犬モリオウを……」

「もういい。君が俺の事をよく知っているのは判った。いろいろあったが、今はピーボ号のハンドラーとして、元気にやっている。そういう事にしておいてくれないか」

「判りました。そういう事にしておきます」

ターンと小気味の良い音が響き、いずみは椅子ごと体を回転させた。

「終わりました。データ、お渡しします」

手にはＵＳＢメモリがある。

「助かるよ」

メモリを手にすると、時計を確認し段ボール箱の迷宮を出口へと向かう。

「またいつでもどうぞ」

いずみの声が追ってきた。たった一人、こんな所で資料の入力なんて――。俺なら一日ともたないだろう。何とも摑み所のない不思議な女性ではあったが、どこか惹かれる部分もあった。一線から外れたはぐれ者という共通点ゆえだろうか。

廊下に戻ると全力で駆けた。思っていた以上に時間がかかってしまった。早く、早くピーボを迎えにいかないと。

四

堀隆太郎が最初の三人を殺したのは、新宿の裏通りでの事だった。道を歩いていた堀は三人に因縁をつけられ、人気のない工事現場に連れ込まれた。堀は逆に二人の指を折り、その後、鉄パイプ等で殴打し殺害、残った一人が裕福な家の息子だと知るや、二十四時間稼働している銀行Ａ

ＴＭコーナーに連れて行き、限度額ギリギリまで金をおろさせた。金を奪った後、堀はＡＴＭコーナー内で相手の指を折り、足で顔面を蹴り死亡させた。その一部始終は防犯カメラにも映っていた。床に散らばった歯を拾い上げ、ポケットに入れるところまで。

資料を読み進めながら、笠門は胃のあたりが不快にうずくのを感じた。

隣の部屋では、ピーボが静かに眠っている。床にお気に入りのタオルを敷き、その上で丸くなって眠るのだ。

笠門の自宅は世田谷にあるマンションの一階だ。２ＤＫ駐車場つきで小さいながら庭がついている。巡査部長の払える家賃ではないが、総務課に配属となった後、無償で提供されていた。どう手を回したのかは知らないが、須脇の計らいだろう。むろんそれは、笠門のためではない。ピーボのためだ。

実際、笠門の生活はピーボを中心に回っている。朝六時に起床し、ピーボを散歩に連れて行く。雨の日も雪の日も、基本的には休まない。通る道は毎日変え、時には二時間近く歩く事もある。食事をとらせ、ブラッシングをし、訓練も行う。ステイ、ダウン、シェイクなどの動きを確認し、同時に健康状態も見る。

休憩を挟んだ後、車で警察病院に向かい、勤務に就く。

何事もなければその繰り返しだが、今回のように特別病棟案件が浮上した場合は、変則的となる。ピーボにとっても、そうした変化はあまり良いとは言えないのだが、実のところ、特別病棟案件こそが、笠門とピーボの隠された本業なのであるから、仕方がない。

笠門が捜査に入ると、病院は少しの間、休む事となる。子供たちに寂しい思いをさせてしまうし、ピーボにも負荷をかけてしまうが、そこは上手く調整していくよりないだろう。

資料の映るモニターから目を外し、伸びをする。いつもながら、気の進まない案件だった。

しかし、ピーボの前で沈んだ表情を見せるわけにはいかない。ピーボは笠門の気持ちに敏感だ。すぐに悟ってしまう。

ピーボの前では、常に明るく前向きに。

そう言い聞かせてはみるものの、今回ばかりはさすがに厳しい。

パソコンの脇に、穏やかに笑う黒人女性の写真がある。彼女は笠門をハンドラーにしてくれた師匠だ。アメリカからピーボを連れて来日、警察犬訓練センターの一隅で、毎日、笠門にハンドラーとしてのノウハウを教えこんでくれた。

期間はわずか半年だったが、警察犬担当であった事も幸いし、ピーボとの信頼を築く事もできた。

彼女は俺たちの本当の目的を、知っていたのだろうか。死にかけた四人の弱みに乗じて、秘密を聞きだす。社会正義のためとはいえ、何とも薄汚いやり方じゃないか。

ひとしきり悶々とした後、笠門はすべてを脇に押しやり、資料の精読に戻った。

今は職務をこなしていくよりない。ピーボのためにも。

三人を殺害した堀隆太郎は、警察の非常線をすり抜け、姿を消す。彼の潜伏先が判明したのは、二ヶ月後だ。埼玉で男性の他殺体が見つかり、犯行手口、目撃談などから、堀の手によるものと断定されたからだ。堀は被害男性のアパートに転がりこみ、二ヶ月間、潜伏していたらしい。二人に面識はなく、堀が正体を隠し男性に近づいたものと思われた。

警視庁は埼玉県警と合同捜査本部を設置し、総動員態勢で堀の行方を追った。しかしその後、約九ヶ月にわたり、警察は翻弄される。

　堀は見ず知らずの人間を襲撃し、金を奪った後、殺害。金が尽きると次の獲物を探すという行動を繰り返した。いつどこで誰が襲われるのか、まったく予測がたたず、警察は常に後手に回る事となったのだ。

　堀が捜査の目をかいくぐる事ができたもう一つの要因は、彼の行動がただ逃げる事のみに特化していたためだ。行動には何の目的もなく、欲望もなかった。保存食を買いこみ、廃屋に二週間隠れ続けたり、ホームレスとして他人との交流を一切断ち、黙々と空き缶拾いをしていた事などが、後の聴取で明らかとなっている。

　なぜ殺したのかという取調べ中の問いに対し、堀は常に「さあね」と答え続けたと資料にはあった。

　各所で殺人を続けた堀も、二〇一六年一月、神奈川県川崎市の公園にいるところを地域課の警察官に見つかり、逮捕される。所持金は三十円で、手荷物等はなく、被害者たちから集めた歯も持っていなかった。

　問題は七人目の被害者――。

　笠門は核心部分の資料に移る。

　七件目とされる事件は、二〇一五年、十月三十日に起きていた。場所は東京都板橋区蓮根《はすね》六丁目の住宅街だった。被害者は、安田文吾《やすだぶんご》、六十二歳。一戸建ての自宅内で撲殺死体となって発見されている。

発見者は、被害者とも顔見知りの交番勤務員、伊《い》吹《ぶき》久《ひさし》巡査部長で、数日姿を見かけないと近隣住人からの報告を受け、念のため自宅を訪問したところ、玄関のドアノブに血痕を認め異常を報告、室内を確認し遺体を見つけたと記述されていた。

被害者は撲殺。右手人差し指を折られ、歯も数本欠けていた。財布等から現金がなくなっていた事などもあり、捜査員は堀の犯行と早期に断定。足取りを追うと共に、蓮根一帯の防犯カメラの映像などを確認、堀の確保に繋げようと懸命の捜査を行った――。

結果としてすべては空振りであり、堀はその二週間後、東京都町田市で飲食店勤務の女性を殺害し金を奪って逃走している。

逮捕後の取調べで堀は、全九件の殺人を認めている。

とはいえ、警察には非協力的で、ほとんど口をきかなかったらしい。死刑は免れないと自棄になっていた可能性もある。

堀は死刑判決を受け拘置所に。三年後、体調不良を訴え、検査の結果、膵臓癌であると判明する。医療センターに移送後、治療が行われたが、既に末期であり、余命宣告を受けた。

堀が医療センターから警察病院特別病棟に移されたのは、先月の初めだ。

移送の決定を下したのは誰なのか。須脇である可能性は高いが、さらなる上層部の人間とも考えられる。

いずれにせよ、決定を下した人物は、堀に対し何らかの疑念を抱いていた事になる。抱いていたからこそ、ピーボを使い「秘密の告白」をさせようと企んだのだ。

狙いは的中し、ピーボは首尾良く秘密の告白を引きだした。

だからってなぁ……。

笠門は頭の後ろで手を組んだ。

安田文吾殺しの再捜査。それは果たして、正しい事なのだろうか。

ヒタヒタと微かな音がした。

顔を上げると、開けたままのドアの前に、ピーボが立っていた。どこか悲しげな目つきで、じっとこちらを見つめている。

「ピーボ、起きてきたのか。寝てないとダメだ」

ピーボは笠門の言葉など気にかけず、ゆったりとした動作で部屋に入ってきた。

仕事中のピーボとは打って変わり、普段の彼はいたってマイペースだ。笠門の指示をきかない事もしょっちゅうだった。実際、この家の主人はピーボであり、笠門は同居人にすぎない。

ピーボは床に散らばった資料を鼻で突き始める。情報整理のため、プリントアウトしたものだ。

笠門はあきらめて、立ち上がった。

「さあ、部屋に戻ろう」

近づいてそっと頭をなでる。その手にピーボは顔を擦り寄せてきた。

「ピーボ、すまないな」

笠門はピーボと共に隣の部屋へ行く。真ん中に丸まったタオルがポツンと置かれている。

ピーボは自らそこに戻ると、またくるんと丸くなって寝る姿勢をとった。

笠門は壁際に座ると、足を伸ばした。

「おやすみ、ピーボ」

その声に安心したのか、ピーボは柔らかく目を閉じた。

自室に戻った笠門は、散らかった資料を拾い集める。その一枚に、ふと目が留まった。先ほど、ピーボが鼻で突いていたものだ。

こいつは……。

思わずつぶやいていた。

やはり調べてみる価値はあるのかもしれない。

五

公園にやって来た渡辺《わたなべ》彩名《あやな》は、たたんだエプロンを持ち、周囲をキョロキョロと見回しながら、近づいてきた。

やって来た事を心底後悔している様子で、原因を作った笠門を険しい表情で睨んでいた。そんな寒々とした雰囲気を一気に暖めてくれたのが、ピーボだった。

彼はベンチに座る笠門の横に腰を下ろし、彩名の目をしっかりと捉えていた。

「え……犬ですか」

彩名が言った。

「ピーボって言うんだ。仕事のパートナーと言ったところかな」

「仕事の？　じゃあ、警察犬？」

「ちょっと違うんだけど、まあそんなものだと思ってくれて構わない」

笠門は立ち上がり、彩名に名刺を渡した。

「忙しいところ、申し訳ないね」

彩名は目を丸くして、名刺に目を落とす。

「総務課？　そんなところの人が、私の話を聞きたいんですか。それも、犬連れで」

さっきまで見せていた後悔の色はもはやない。名刺とピーボに興味津々だ。

「頭、なでてもいいですか？」

「どうぞ」

彩名は慣れた様子で、ピーボの頭を優しくさすった。

「すごく大人しい。どうやってしつけしたんですか？」

「まあ、いろいろ訓練をしてね」

「犬、飼いたいんだけど、今の部屋、ペット禁止だからなぁ。あ、ごめんなさい、昼休みあんまり長くないんで」

「そう。じゃあ」

笠門はベンチの右端に移動し、隣に座るよう彩名を促す。座った彩名は、笠門とピーボに挟まれる形となった。左手でピーボを触りながら、彼女はリラックスした様子で、こちらの質問を待っている。

「電話でも話したけど、二〇一六年にあなたが書いた記事についてききたいんだ」

「あんな記事、よく見つけましたね」

彼女はピーボに目を落としたまま、低い声で言った。触れられたくない様子が、ひしひしと伝わってきた。

「紙媒体ではボツを食らって、ネット掲載になったんですけど、結局、三十分もしないうちに削除されちゃった」

「捜査に関係あるものは、何でも集めてるから」

彩名は不安げに笠門を見る。

「私、もしかしてやばい事になってます？」

「いや、その点は心配ない。事件の捜査資料を整理していたら、記事が出てきたので、一応、確認を取って来いと言われただけなんだ」

本当半分、嘘半分だ。

「記事を書いたとき、君はフリーのライターだった？」

「まあ、そうですかね。記者志望だったけど就活でマスコミ関係全部落ちて、知り合いからネット記事中心に仕事を回してもらって……とかしてた時期ですから」

「それにしては、随分と思い切った内容だ」

「知り合いから人手が足りないからって声かけてもらって、書いたんです。ビックリするほど手応えあって。自分、この仕事向いてる？　とか思いましたよ。これで人生変わるかな、なんてね。まあ、本当に変わりましたけど。良くない方に」

「いまはアルバイトだけで？」

「ライターはあきらめて、普通に仕事探したけど、なかなか見つかるもんじゃないし。今もスーパーでバイト。多分、来月で辞めて、国に帰ると思います」

「国はどこ？」

「福井なんですけどね。戻ったら、犬、飼おうかな」

ピーボに笑いかけながら話していた彩名は、催眠術から覚めたようにはっとして顔を上げる。

「また余計な事喋っちゃいました。この犬、ピーボでしたっけ、すごく癒やされてつい喋っちゃう」

笠門は苦笑しつつ、本来の質問へと移った。

「あなたが書いた記事は、蓮根六丁目で殺害された安田文吾さん。彼を殺したのは、堀隆太郎ではない、とするものだった」

「まあ、あくまで可能性というか、今にしてみれば、推測だけで書いた駄記事でした」

「しかし当時、その可能性を唱えた者は俺が知る限り君だけだ。推測とはいえ、きっかけは何だったの？」

「あの頃、堀隆太郎って、ネットでもテレビでも、すごかったじゃないですか。それで何でもいいから、記事書けって言われて……。ネットとかに落ちてる記事や資料を片っ端から読みあさったんです。そしたら、どうしても引っかかるところがあって」

「それは？」

「被害者像っていうんですか？　堀は金目的で見ず知らずの人間を殺してたわけでしょう？　だけど、安田さんって、今の私が言えた義理じゃないですけど、お金持ってそうな感じじゃなかったし、実際、被害金額ってほかより少なかったですよね」

笠門はうなずいた。

たしかに、捜査本部もその点を疑問視していた。だが、折られた人差し指と歯という「堀の癖」は無視できなかった。マスコミや世論の圧力、逃走を許している事への焦りもあり、捜査は「堀」一本で進められた。

「それに」と彩名は続けた。

「安田さんの次の犯行って、二週間後だったじゃないですか。いつも一ヶ月くらい間が空くのに。警察は安田さんから奪った金が少なかったから、犯行を早めたって考えたみたいですけど、私はそこからちょっと飛んで、別犯人説を考え始めたんです。だってありきたりの記事じゃ、読んでもらえないでしょう?」

笠門は曖昧にうなずく。彩名は居心地悪げにモジモジと肩をゆすった。

「まさか、警察の人にこんな事、話すハメになるなんて……」

「構わないよ。失礼な言い方で恐縮だが、素人の意見の中に、予想外の真実が隠れている場合だってある」

「ただ、こっちはぺーぺーのライターだったから、警察とかに取材なんてできないし、どうしようかって考えていたら、思いついたんです。被害者の方を調べてみようって」

「見事な着眼点だと思う。いや、これはお世辞じゃない。当時、警察も堀の犯行と早々に断定し、被害者の身辺を洗う事にそれほど注力していなかった」

「記事にも書きましたけど、調べたら、けっこう問題ある人だったんですよ、安田さん。死んだ人の事、悪く言いたくはないですけど、正直、良く言う人なんて誰もいなかったです」

その辺りの事は、いずみがくれた資料にも載っていなかった。

「詳しく聞かせてくれるか？」

「精神的に不安定な人だったようです。なのに一人暮らしで面倒を看る人もおらず、生活は荒れ放題で、昼間から酒を飲んでは、近所を徘徊して、誰彼なく怒鳴り散らす――」

「生活費はどうしていたんだろう？」

「被害に遭う何年か前までは、そこそこの企業に勤めていたので、蓄えはあったようです。詳しい事情は知りませんが、会社を解雇され、それからおかしくなったようですね」

たしかに、聞けば聞くほど、堀の被害者像とはかけ離れている。

「特に被害を受けていたのが近隣住民で、話し声がうるさいとか、ゴミの出し方が悪いとか、毎日のように怒鳴りこまれていたそうです。つまり……」

「動機を持つ者は多数いたわけだ」

「そう、そこです。だから、彼に恨みを持つ誰かが、堀の犯行に見せかけて、そのうえ、殺しちゃったんじゃないかって」

「そいつは凄い推理だ」

「でしょう？　当時はそこそこ自信あったんですよ。それで記事にまとめて、編集長にぶつけてみたんですけど門前払いで」

記事として面白くても、日本中で話題となっていた事件だ。確かな根拠もなく警察見解と異なる記事をだす事は、リスクが大きすぎる。

「ウェブの編集長だけが取り上げてくれて、載るには載ったんですけど、すぐに炎上しちゃって、寿命は三十分。何だかなぁって」

彩名は携帯で時間を確認すると、慌てて立ち上がった。

「ありゃ、休み時間過ぎてる。ごめんなさい、もういいですか？」

笠門も立ち上がり、頭を下げた。

「忙しいところ、ありがとう」

「じゃあ。ええっと、ピーボだっけ、またね」

彩名は右手を上げたまま、全力で駆けていく。その少し寂しげな姿が角の向こうに消えるまで、ピーボはじっと見つめ続けていた。

六

どこの警察署もそうであるように、江古田《えこだ》警察署は喧噪の中にあった。地域課の窓口では、財布入りのバッグを無くしたという女性が、課員に書類の書き方を尋ねている。交通課の窓口では、免許証を受け取りに来た男性が、いまだ受取期日になっていないという説明に納得せず、署員に嚙みついていた。さらに廊下のベンチには迷子と思しき男の子がいて、女性警察官が懸命に相手をしていた。

そんな彼らの目が、いっせいに笠門の方に向けられる。病院と同じだ。誰も笠門は見ていない。視線の先にいるのは、ピーボである。

正面玄関から入り、カウンター前を通って廊下へ。笠門はピーボと共に足を止め、泣きべそをかいている男の子の前に立った。

ピーボは男の子の膝にそっと顔を近づける。明らかに怖がっていた子供の表情がすぐに和み始める。

若い女性警察官が目を丸くして尋ねた。

「この犬、警察犬ですか⁉」

「まあ、そんなようなものだ。この子、どうしたんだい？」

「バスを乗り間違えて、迷子になったようなんです」

「誰か迎えに来てくれるのか？」

「母親がこちらに向かっています。あと十分ほどで」

「では、申し訳ないんだが、地域課総務係の伊吹巡査部長に会いたいんだ。男の子の相手は彼が引き受けるから、呼んで来てもらえないだろうか」

「伊吹ですね。判りました」

女性警察官は快活にうなずくと、廊下を駆けていった。男の子はもう、ピーボに夢中だった。

「乗り間違えたの、二度目なんだ。またママに怒られちゃうよ」

彼はピーボに事の次第を勝手に喋っている。

「参ったなぁ」

そう言いながらも、さほど恐れている様子はない。見知らぬ町で道に迷う恐怖を体験した少年にとっては、たとえ厳しい母親であっても、いまは救世主なのだろう。

女性警察官はすぐに戻ってきた。

「すぐに来るとの事でした。裏の駐車場で待っていていただけるとありがたいと」

「判った」

名残惜しげな少年に微笑みかけると、笠門はピーボと共に廊下横の扉から、駐車場に出る。

建物の裏側は帰署したばかりのパトカーや自販機の補充をする業者のトラックなどで混沌としていた。人の出入りも忙しない。

笠門はピーボを連れ、隅の方へと避難する。車の轟音や排気ガスはピーボにとってもストレスだ。

扉が開き、三十代前半くらいの細身の男性が姿を見せた。

伊吹だ。彼は犬連れの笠門を見て、表情を硬くする。

どうやら、犬は苦手らしい。

青白い顔で、実年齢より老けて見える彼は、強ばった笑みを浮かべ、言った。

「犬連れとはちょっとびっくりです」

そう言いながらも、ピーボとは、一定の距離を取ろうとする。

笠門は言った。

「オレは本庁総務部総務課の笠門巡査部長。彼はファシリティドッグのピーボだ」

「ファシリティ？」

「警察病院で働いているんだ」

「それで、ボクに何か？　おかげさまで健康なんで、警察病院には行った事もないですけど」

「二〇一五年に起きた堀隆太郎の事件、覚えているか？」

伊吹の表情に緊張がみなぎった。

「当たり前です。あれは……忘れようとしても忘れられるものでは……」

「実は総務課の資料編纂室に頼まれて、何点か確認させてもらいたい事があってね」

「資料編纂室？」

「紙の資料を電子化する部署だよ。捜査資料なんかをひたすら入力するんだ。俺にはとても無理な仕事だ」

「その手伝いを？」

「同じ総務課だから。それに、まあ言ってしまえば、暇なんだよ。毎日警察病院には行くんだが、一日中いるわけじゃない。ピーボのストレスなんかを考えると、せいぜい半日だ。残った時間、何かやれって課長に言われてね」

「そうですか……」

　納得の様子を見せた伊吹だが、不安そうな様子は消えない。

「どうした？　なぜそんなに不安がる？」

「あの時の事は、あまり思いだしたくないんです。本当に酷い現場で」

「現場写真を俺も見たよ。堀という男は人間じゃない。答えるのが難しいようなら、日をあらためるが。上司に同席して貰ってもいい」

　伊吹は「いえ」と首を振る。そこまでされては、警察官としての面子が立たないという思いもあるのだろう。

「聞きたい事と言うのは？」

「遺体発見時の状況について。君は異常を通報後、一人で安田さん宅に入ったんだね。どうして、応援を待たなかった？」

「一つは玄関のドアノブに血痕が認められたから、もう一つは軒先に設置してあった防犯カメラが壊されていたからです」

「安田さんは防犯意識の高い人だったのか？」

伊吹は複雑な思いを噛みしめるよう、目線を落とした。

「安田さんは、ご近所の住人と折り合いが悪く、地域でも浮いた存在でした。家を覗かれていると騒いだり、車の音がうるさいと怒鳴ったり」

「防犯カメラもその流れで？」

「ええ。ご本人は自宅が覗かれていると思いこんでいたようでした」

「そのカメラが壊されていた事から、安田さんの身に危険が迫っていると考えた」

「はい。拘束されているかもしれないですし、賊がまだ中にいるかもしれない。そう思ったら、体が勝手に動いていました」

「中に入った君は、居間で遺体を見つけた」

「はい。最初は怨恨を考えました。ご近所トラブルの件がありましたから。ただ、人差し指が折れ、歯が……何本か床に落ちていたので……」

「待ってくれ。堀が指を折り、歯を集めている事は……」

「自分は蓮根交番勤務になる前は、新宿北交番に勤務しておりました」

「それは、堀が最初の三人を殺した……」

「はい、管轄警察署です。すぐに捜査本部が立ち上げられ、総動員で捜査に当たりました。自分も捜査本部に呼ばれ、捜査に当たりましたので……」

「堀の『癖』を知っていたわけか」

「はい。その旨はすぐに報告し、現場保存のため建物から出ました」

結果としては、その報告が初動捜査に先入観を与え、「堀ありき」で進むきっかけとなってしまったわけか。

「そうか、判った」

彼から聞けるのは、こんなところだろう。もう終わりにしようと思ったが、彩名の記事の件が気になった。

「安田さんは、ご近所からかなり恨まれていたんだよな」

「ええ、まあ」

「交番に誰か相談に来た事は？」

「勤務外の時までは判りかねますが、ご近所の方々が時々、相談にみえていました。ただ、よほどの事がない限り、住人同士のもめ事に警察は介入できないので」

「その説明で納得していた？」

「まあ人によりけりです」

「安田自身が相談に来た事は？」

「それは一度もありません。警察を避けているようでした」

「何か攻撃的な言葉をかけられた事は？」

「自分の知る限り、それもありません。これは私見ですが、安田さん、実のところ警察に相談したかったんじゃないですかねぇ。交番の方をじっと見ている事が何度かありました。そんな事があったので、自分も積極的に声かけしたりしたんですが、結局、最後まで無視され続けました」

「時間をとって悪かった。ありがとう」

伊吹に気を遣ってか、少し離れたところで待機していたピーボが、「ありがとう」の言葉に反応し、かすかに耳を揺らした。笠門の用件が終わった事を察したのだ。

「では、失礼します」

伊吹は素早く回れ右をすると、建物の中に消えた。最後までピーボを見ようとはしなかった。

七

「安田さんには、随分と酷い目に遭わされましたよ」

庭先に固定した車椅子の上で、平嶋《ひらしま》弘子《ひろこ》は顔を顰めた。死んだ人の事は悪く言いたくないと苦い表情で語った彩名とは、対照的だった。

神奈川県川崎市にあるケアホームに、笠門はいた。当初は応接室でと言われたが、施設内にピーボを入れる事が許可されず、結局、庭先での対面となった。入居者たちが日々、丹念に世話をするのだろう。色とりどりの花が咲いているが、笠門にはそれが何であるのか、まったく判らない。ケアホームは中心部から離れた高台にあり、入居者も五十人近いという。来る前はもっとうら寂しい雰囲気を想像していたのだが、実際は心安らぐ緑と、明るく自由な雰囲気で暮らす入居者たちの、居心地よさそうな場所だった。

笠門たちのいる場所の対面には、ピーボを囲んで人だかりができている。

「あらぁ、かわいい」

「この尻尾。ふさふさだぞ」

などと声が聞こえる。庭に姿を見せるや否や、ピーボは入居者たちの心を鷲摑みにしていた。そんな人だかりを穏やかな笑顔で見つめていた弘子であったが、安田の名前が出るや、表情が一変した。

笠門は用意していた質問を投げる。

「実は当時の捜査資料に不備が見つかりまして。お恥ずかしい話ではあるのですが、そんなこんなで当時を知る方にお話を聞き直している次第です」

完全なでまかせだったが、弘子は何を疑う様子もなく、「あらそう」とそっけなく答えただけだった。

「あなたは二〇一五年当時、板橋の蓮根六丁目、安田氏の自宅の斜め向かいに居住されていましたね」

「ええ。二十年、そこに住んでいたわ。とてもいい所でね。引っ越すだなんて、考えもしなかった」

「自宅を手放されたきっかけは、安田氏が原因ですか？」

「主人が病気をしたり、理由はいろいろあるけれど、あの件が大きく影響したのは、確かね」

「やはり、人殺しのあった近くには住みたくないと？」

「違う、違う。問題はそのずっと前からあったのよ。ホント、安田さんには近所中、迷惑してたわ。うちは斜め向かいだったから、家の中を覗き見してるんじゃないのかって、怒鳴り込まれたりしてね。それも一度や二度じゃなかった。自分の家の前には監視カメラとか防犯用のライトとかゴテゴテ置いちゃって、本当に嫌な感じだった」

　喋りだすと、止まらなくなった。安田に対する鬱積は相当なものだったのだろう。

「強く言い返してやりたかったけど、あの頃はもう主人がほとんど寝たきりの状態だったし、息子も娘も家を離れていて、心配かけたくもなかったし、じっと我慢したのよ」

「お話はよく判りました。平嶋さん以外に、酷い被害に遭われていた方というと？」

「安田さんの両隣、うちのお隣も同じように、盗撮しただなんだで怒鳴りこまれていたわ。町内会長さんも酷くやられていたわね。ゴミの出し方から通学の子どもの声がうるさいだとか」

　そうした住人同士の諍いも、安田の殺害という衝撃的な結末によって終わりを迎える。しかし、凄惨な殺人事件の現場という事もあり、安田の自宅は今も買い手はつかず空き家のままだ。両隣もすぐに引っ越し、今は真新しい一戸建てがある。当時を知る者はいないかと散々調べた末、ようやく見つけたのが、斜め向かいに住んでいた平嶋弘子というわけだ。

「一番被害が酷かったと思われるのは、どなたですか？」

　弘子は首を傾げる。

「さあ。誰かれのみさかいなく嚙みついていたから……。さっき言った町内会長さんは、かなり精神的に参ってたけど」

「その方はいまどちらに？」

「ギリシャだったかしら」

「ギリシャぁ？」

「娘さんが国際結婚されて、向こうで暮らしているの。ビザも何とかなったみたいで」

安田殺しの強い動機を持つ者として話を聞きたかったのだが、ギリシャではどうしようもない。

「ああ、でも、会長さんは事件の事、何もご存じないわよ」

こちらの内心を読み取ったのか、弘子は尋ねもしないのに言った。

「それは、どうして？」

「事件のあった日も、ギリシャに行かれてたから。電話で報せたんだけど、ものすごくびっくりしてた」

容疑者が一人減った。

弱ったな。思わずピーボを目で探してしまった。

ピーボは入居者たちだけでなく、施設職員にも囲まれていた。初対面の人間にあれだけの勢いで囲まれれば、ピーボもさぞストレスだろう。

そろそろ引き上げて、ゆっくりと休ませてやりたい。

では、と暇を告げようとしたとき、弘子が内緒話をするように声を低くして言った。

「言おうかどうしようか迷ってたんだけど……」

笠門は上げかけていた腰を、そっと元に戻す。

「安田さんで一番害を被っていた人、心当たりがあるの」

笠門は興奮を抑えつつ言った。

「よろしければ、ぜひ聞かせて下さい」

「磯村《いそむら》さんて言う、ボランティアの方よ」

「ボランティアですか」

「支援団体を手伝っている人でね。ホームレスとか困っているシングルマザーの相談に乗ったりする。生活保護の申請を手伝ってあげたりね」

「その方は、安田さんの所にも？」

「ええ。病院の受診を勧めたり、一生懸命だった。でも、安田さん、ああいう人だから」

「うまくいかなかったんですね」

「磯村さんが顔を見せるたびに罵倒してね。酷いものだったわよ。私、何度か忠告したの。あの人には何をしても無駄ですよって。だけど、そういう人だからこそ、見捨ててはおけないって」

「ご立派な方なんですね」

「だけど一度だけ、見た事があるの。磯村さん、歩道に立ってじっと安田さんの家を睨んでた。その目がもう恐ろしくて。どうしたものかと思案しているうちに、安田さん、殺されてしまって……」

その言葉をどう受け取れば良いのか。笠門のとまどいを見透かすように、弘子は薄く笑った。

「ダメね、つい喋りすぎちゃった。ちょっと疲れたわ。もういいかしら」

「もちろんです。お時間いただき、ありがとうございます」

「あらあら、あなたの連れてきた犬、すっかり人気者ね」

ピーボの周りは、相変わらず、賑やかだった。

「よろしければ、ここに連れてきましょうか」

弘子は首を左右に振った。

「けっこうよ。私はネコ派なの」

八

高田馬場駅前から通り沿いに少し坂を登ったところに、土川《ひじかわ》訪問介護サービスの事務所があった。午前九時という時間であったが、一階事務所内に人気はなく、カウンターの前で笠門はピーボ共々、五分ほど佇むハメとなった。

ようやく裏のドアが開き、中年の女性が顔を見せた。

「あら、えっと……新規のご依頼ですか?」

笠門は身分証を示し、土川真子《まこ》さんと会う約束をしていると告げた。

「あらあら」

女性は素っ頓狂な声を上げ、アタフタと携帯を取りだすと、通話を始めた。

「あの、真子さんにお客さん。約束したって……え? うん、大丈夫。書類なら、私がやるから」

女性はアタフタと携帯をポケットに戻すと、「いま来ますからぁ」と甲高い声で言うと、入ってきたドアから外へと消えた。

また、無人のオフィスを前に五分ほど佇む事になった。ピーボは久しぶりに訪れた静かな時間を楽しむように、ちょっと首を右に傾げている。傍目には眠っているようだ。

「お約束してたんですよね、ごめんなさい」

背後から声をかけられ、笠門は飛び上がった。落ち着いた様子のピーボとは大変な違いである。

「まあ、かわいいワンちゃん。ゴールデンレトリバーね。立派ねぇ」

吸い寄せられるようにピーボの前にひざまずくと、両手で顔を優しくなで始めた。

「いくつなんですか？」

「七歳です」

「大人しいわねぇ。全然、吠えないし。セラピードッグみたい」

「ファシリティドッグです」

女性の手が止まり、ハッとした様子で笠門を見上げる。

「どこの病院？」

「警察病院です」

「って言うと、やっぱりこの子はピーボ！」

「よくご存じですね」

「すごく興味があってね。アニマルセラピーの催しがあると、利用者さんと参加したりするの。みんな、ものすごくうれしそうでね。そうか、君がピーボか。すごいねぇ」

女性はさっきとは違う、やや力をこめた荒々しい仕草で、ピーボの頭をなでた。その後も背中から尻尾までうっとりと眺めた後、ようやく気が済んだのか、表情を引き締め、立ち上がった。

「お待たせしてごめんなさい。土川真子です」

笠門は名刺を渡す。

「お母様の磯村真紀子《まきこ》さんの事で参りました」

「母は二年前に亡くなりましてね。癌で。私は介護事業所を立ち上げた夫と結婚して姓が変わり、今に至るってところです」

土川真子は片時もじっとしてはいない。今もカウンター向こうに回り、机に積み上げられた書類に目を通している。話し方も含め、何ともパワフルだ。

「それで？　母の何を？」

「磯村さんは、板橋区蓮根の方でボランティアをされていましたね」

「蓮根？」

真子は書類を手繰る手を止め、眉間に皺を作る。

「母はずっとボランティアでね。あちこち出かけてたから。うん……蓮根……あ、もしかして、安田さんの事？」

思いがけず言い当てられ、笠門の方が面食らった。

「ええ、その通りです」

「母がよく愚痴ってたから、覚えてるの。何とか公的支援に繋げたいけど、難しいって」

「愚痴をこぼされる事はよくあったんですか？」

真子ははっきりと首を横に振る。

「愚痴を言ったのは、後にも先にも、安田さんの時くらいよ。ご近所との関係も完全に壊れていて、どうにもならないって」

そこでふと気づいたように、真子は言った。

「今ごろ、どうしてそんな事を？」

笠門は資料に不備があったとのいつもの言い訳を繰り返す。

真子は「ふーん」とうなずいた後、笠門に伝えるべき事を、頭の中でまとめているようだった。

「安田さんのご近所さんには、もう会ってきたの？」

「ええ、まぁ」

「ボロクソ言ってたでしょう、彼の事。でも、母の残した書類とかを読むと、別の側面も見えてくるのよね」

「と言いますと？」

「安田さんに問題があったのは事実だけれど、近所にも責任はあるって事。あからさまに厄介者扱いしたり、言葉は古いけど村八分にしたりなんて事もあったようなのよ」

「それが、安田さんが心を閉ざす原因になったと？」

「母はそう言ってた。安田さんは家が覗かれてるって主張してたでしょう？　それは妄想だってみんな決めつけていたけど、実際、そういう事はあったみたい。一種の監視よね。夜中に石を投げ入れられる事もあったって」

「その件はお母様から？」

「ええ。母はわずかだけど、コミュニケーションが取れるようになってたみたい。安田さんの言い分を聞いてた人は、ほかに誰もいないんじゃないかな」

「安田さんはそこまでされて、警察などに相談はしなかったのでしょうか」

「警察や役所には不信感しかなかったみたいだから、母がすすめても頑なに行かなかったって」

言い分は、当事者双方から聞いてみねば判らないものだ。

「最後の質問ですが、安田さんに対して、特に良くない感情を持っていた人に心当たりはありますか？」

「持って回った言い方するのね」

真子は苦笑する。

「母の意見を信じるなら、近所の人はみんな、負の感情を抱いていたでしょう。母が特に気にしていたのは、斜め向かいの平嶋さんって家。旦那さんが病気だって言ってたけど、多分、石を投げ入れたのはその旦那じゃないかって、母は疑ってた。それと、町内会長さん。生活保護受給をすすめたら、断られたって。入院でもなんでもさせて、町内から追いだしたかったみたいだって」

「土川さん、その観点から一つ、ききたい事があるのです。安田さんを疎ましく思っている近隣住人が向かうところと言えば、どこを思い浮かべますか？」

「ふふーん、やっぱりそうきたか」

真子は議論の向かう先を、既に察している顔付きだった。笠門が電話をかけた時から、既に大凡のところを理解していたのかもしれない。

「相変わらず、持って回った言い方ね。あなたがどんな答えを望んでいるか、判ってる。警察や医療関係者はいつもそう。自分の望む答えをこちらに言わせようとする。私は自分で納得した答えしか口にしない。それでもいい？」

「ええ、もちろん」

真子はニヤリと子供っぽい笑みを見せた。

「でも今回ばかりは、あなたの望み通りの答えよ。近隣住人が向かう先は、警察でしょう。最寄りの地域交番ね。実を言うと、母が一番心配していたのは、住人でも安田さん本人でもない。交番勤務のおまわりさんよ」

九

駅からかなり離れたところにある喫茶店の窓際の席に、男は一人座っていた。心ここにあらずといった風で、運ばれてきたコーヒーにも手をつけていない。

人通りもまばらな通りに面した店は、やはり客が少なく、男のほかには、携帯ゲームに夢中の中年男性とそれをうらやましげに眺めている女性店員がいるだけだ。

笠門が入っていくと、店員が慌てて止めに来た。

「動物は、困ります」

ピーボは開いたままの自動ドアを通らず、軒下できちんと座っている。

「悪いな、仕事なんだ」

笠門は身分証を突きつける。店員は「は？」とつぶやきながら、眼前の身分証とドアの前に座る犬を見比べていた。

彼女の考えがまとまらぬうちに、笠門はピーボに視線を送る。彼はすっと控えめな様子で店内に足を踏み入れた。

リードを持ち、窓際へと向かう。

笠門が入ってきた時から、男の視線はこちらに固定されていた。

笠門はピーボと並び、テーブルの前に立つ。

「今日は休みを取ったと聞いてね、伊吹巡査部長」

「まだ、ボクに聞きたい事でも？」

向かいに座った笠門を、伊吹は油断なく見据えている。脇に座るピーボは、敢えて無視するつもりのようだ。

店員は奥に引っこみ、中年男性は不穏な空気を察したのか、そそくさと出て行った。

空には厚い雲がたれこめ、午後の早い時間だというのに、辺りは薄暗い。予報では、まもなく雨になるらしい。

「俺が今、ピーボと何をしているのか、ある程度、察しはついているんだろう？　けっこう、ウワサになっているみたいだから」

伊吹はうなずいた。

「警察病院にいる患者から、その犬を使って情報を引きだすんだろう？」

「そうだ。先日、ピーボと面会したのは……」

「堀隆太郎」

「そこまで判っているのか」

「あんたらが来た時から、薄々、判ってはいたよ」

「では、俺たちがここに来た用件も？」

伊吹は何も答えない。伏せた目には力がなく、焦点を結んでいない。

「堀は安田殺しだけは自分ではないと、ピーボに語った」

「どうしてそれが、本当の事だと？　相手は常識の通用しない連続殺人鬼だ。あんたらの企みを見抜いて、デタラメを言ったのかもしれない」

「その可能性はある。しかし、あらためて安田の件を見直してみると、疑問点がいくつか出てくる。例えば、強奪した金額の少なさだ。堀はなぜ、近隣トラブルを起こしている、裕福でもない安田を襲ったんだ？」

「堀にそこまでの打算はなかったのでは？　一夜の宿にしようとしたのかもしれない。たまたま、目についただけかもしれない」

「犯行間隔にも疑問がある。六件目の殺しが起きてから、安田の遺体発見まで十三日、そして次の犯行が起きるまで十四日。安田のとき以外は、一ヶ月以上、間があいている。どうして安田の時だけ、二週間なんだ？」

「堀に聞いたらいいじゃないか。そういう事が得意な相棒もいるんだし」

冷たい視線がピーボに向けられ、笠門は思わず両手を握りしめた。ピーボがほんの微かに身を震わせる。笠門は慌てて全身の力を抜く。

「疑問はまだある。堀はどうやって、安田宅に入ったのか」

「相手は一人暮らしだ。手はいくらでもあるだろう」

「疑心暗鬼になって、監視カメラなどを取り付けている男だぞ。いきなりドアを開けろといって素直に開けたとは思えない。昼間だと人目につくし、夜間であれば、余計に警戒される」

「つまり……何だ？」

「相手が危害を加える恐れがなく、しかも見知った顔だったら？」

伊吹はふて腐れたように口を真一文字に結ぶ。

睨み合いながら、笠門は待った。

「扉くらい……開けるかもな」

伊吹がつぶやいた。

「顔見知りの制服警官は、その条件に当てはまるか？」

伊吹は足を忙しげに揺らしながら、ふんと鼻を鳴らす。

「さあね」

「安田殺しが堀の仕業ではないとすると、もう一点、決定的な問題がある。現場の偽装だ。それができた人間は、限られている」

「堀の『癖』か」

「当時、人差し指と歯の件は、公表されていなかったからな。それを知っていたのは、警察関係者のごく一部、連続殺人の捜査本部に参加した者だけだ。あんたほど、条件に合う者はいない」

「ちょっと待ってくれ」

「あんたは当時制服警官で、被害者とは顔見知り。さらに堀の『癖』についても知っていた」

「証拠もなしにいきなり犯人扱いされてもな。『癖』の件を知っていた人間は、オレ以外にもいっぱいいた」

「だが動機のある者はいない」

「オレに安田を殺す動機があると？　彼は確かに問題のある人物だったが、警察に対し何かするような事はなかった。お互い顔は知っていたけど、それだけだ。どうして、命まで……」

「きっかけになったのは、安田自身じゃない。彼の被害者だった近隣の住民だ。彼らは事あるごとに、あんたのところにやって来た。違うか。資料編纂室を通じて、当時の警察署の書類をあたらせて貰った。苦情の類いがかなり来ていたよ。それがそのまま、あんたへのプレッシャーになっていったんじゃないのか？」

「そんなのは、あんたの想像だ」

「あんたは異動してきたばかりの新参者だった。管轄区域最大の厄介者を押しつけられていたんだろう？　洗いざらい正直に話した方がいいぞ。総務課長の須脇警視正の指示で、当時の同僚、上司への聴取も始める予定だ」

　伊吹が唾を飲み、唖然とした顔で笠門を見た。

「そこまでやるって言うのか？　それじゃあ、まるで監察だ」

「総務課ってのは何でも屋でね。トイレットペーパーの交換から、監察の真似事までやる」

　伊吹は肩を落とし、冷え切ったコーヒーに口をつけた。

「あんたの言う通りだ。あの時は本当に酷かった。安田を何とかしてくれって、住人たちが入れ替わり立ち替わりやって来る。中には、かなり高圧的なヤツもいた。町内会長だったかな。署長と懇意らしくてさ、直に電話までして訴えたらしい。副署長経由でこっぴどく怒られたよ。さっさと処理しろって。新参者だから、同僚も上司も助けてはくれなかった。どうかなりそうだった」

「それが動機か」

「いや、当時の状況を認めただけだ。殺しまでは認めていない」

笠門はいったん追及を止め、固い椅子にゆったりと座り直した。

横に控えるピーボを意識する。とたんに、伊吹は落ち着かなげな素振りを見せる。

「初めて署で会ったとき、ずいぶんとピーボを意識していたよな」

「犬があまり好きじゃないんだ」

「本当にそれだけ？」

笠門はピーボの頭をなでながら、伊吹に対して笑いかけた。

「どうした？　怖いのか？　心配には及ばない。ピーボはちゃんと、訓練を受けている」

「そ、そういう問題じゃないんだ……」

「あんた、まだ持っているんじゃないのか？」

伊吹の目はピーボに注がれたまま動かない。

「犬の嗅覚は人間の数千倍。子供でも知っている事だ」

笠門はテーブルの上で、伊吹に顔を近づけた。

「ピーボと一緒に、身体検査をやってもいいんだぞ？　それとも、あんたの家を徹底的に洗ってやろうか？」

こんな会話、ピーボには聞かせたくないんだ。そんな思いが、笠門の顔を自然と険しくさせた。

伊吹は震える手を上着のポケットに入れると、縫い目がほつれた小さな巾着袋をだす。それをテーブルに置くと、糸が切れたようにがっくりと椅子に崩れ落ちた。

笠門は携帯をだし、須脇に連絡を入れた。

「すぐに捜査員を。ええ。所持していました。この場にいるのは、伊吹と私、二人だけです」

通話を終えると、笠門はうなだれる伊吹に言った。

「どうして捨てなかった？」

「偽装が上手くいかなかったとき、何かに使えるんじゃないかって。堀が捕まって、安田の件も認めたって聞いて、捨てようと思ったんだけど、なぜか……どうしても……」

「悪かったな」

「え？」

「ピーボはファシリティドッグだ。警察犬や麻薬犬みたいに、臭いの追跡なんて彼の任務には入っていないんだ」

「オレが勝手に勘違いしてたって事？」

笠門はそっと巾着を手に載せると、中を開き覗いた。折れた前歯が一本、綿に包んで入っている。現場から持ち去られた、安田の歯で間違いないだろう。

再び、笠門の携帯が鳴った。今度も、須脇からだった。彼は低い声で笠門に告げた。

「堀が死んだよ」

第二話　犬は知っている

一

よし、がんばれ！　そう叫びそうになるのを懸命にこらえた。

警察病院五階、小児科病棟の長い廊下を、十歳になる男の子が、ゆっくりと歩いて行く。歩き方はぎこちなく、特に右足が不安定だ。下半身で支えきることができず、上体も左右にふらつく。それでも彼は懸命に、歯を食いしばりながら、一歩一歩、進んでいく。

足関節骨折による手術から二週間。術後の痛みやリハビリの厳しさから、この数日、病室に閉じこもっていた少年だ。退院の目処もついてきてはいるが、このままでは回復が大幅に遅れてしまう。

主治医からの相談を受け、小児科ではファシリティドッグのピーボを伴ったリハビリを提案した。少年は入院中、病室でピーボとふれ合う事を楽しみにしており、壁にはピーボを描いた絵が何枚も貼ってあるほどだ。

主治医からの情報を元に笠門自身も少年の状況を確認、可能と判断した。

それでも、相手は子供だ。実際にやってみるまで、何が起こるか判らない。平静を装ってはいたが、内心、穏やかならぬ気持ちであったのは事実だ。

一方で、ファシリティドッグのピーボは、いつもと何ら変わらぬ様子で、病院のドアをくぐった。リードを持つこちらの動揺は察していただろうが、彼はしっかりと自身の任務を心得ていた。

病室のドア付近に立った少年は、ドアから入ってきたピーボを一目見るなり、目を輝かせた。

「ピーボ！」

ピーボは看護師たちの間をするりと抜け、少年の足元に鼻を寄せた。自然と彼の手がピーボの背中に伸びる。

「ピーボ」

しばらく無言の交流が続いた。ピーボは少年の手が止まるまで、彼の傍に寄り添い続ける。

ピーボとふれ合い、活力が出たのか、ふいに少年が言った。

「ボク……やってみようかな」

そんなつぶやきがもれた。

「ここからナースステーションの前を通って、反対側の廊下の端まで、行ってみるのはどう？」

タイミングを見て、笠門は尋ねた。

少年は一瞬ためらいを見せ、ピーボの背に目を落としながら言った。

「ピーボも来てくれる？」

笠門はうなずく。

「ああ、ピーボも一緒だ」

少年の目に力が宿り、頬を赤らめながら、小さく右足を前にだした。微かに震えている。

転倒に備え、看護師がすぐ横につく。ピーボは少年の右斜め前を歩く。少年の歩く速さに合わせ、時に立ち止まりながら、進んでいく。

まるで二人三脚だな。

懸命に歩く少年の目には、ピーボしか映っていないようだった。肩で息をしながら、一歩、一歩、決して短いとは言えない距離を進んでいく。

五分以上をかけて、少年は廊下の反対側、大きな窓のあるスペースにまで到達した。

そこには椅子が置いてあったが、彼は腰を下ろそうとはしなかった。

黙って見守る看護師たちに少年は言った。

「このまま歩いて、病室まで戻る」

ピーボがまた、ゆっくりと歩き始めた。


「大成功だった、ありがとう」

看護師長の畠中が笠門に頭を下げた。

ナースステーションの前だ。少年のリハビリが終わり、ピーボは一時間の休憩に入っている。

「俺は何もしていない。ピーボの働きさ」

「相変わらずね」

彼女は苦笑した後、真顔に戻る。

「今日は、あの日よね」

「ああ」

「休憩が終わったら、すぐ？」

「その予定だ」

「もし、証言が取れたりしたら……」

「しばらくここには来られないかもな」

「そう……」

看護師長はナースステーション内の専用スペースで、ゆったりとくつろぐピーボを見つめた。

リハビリ協力後も、数人の子供たちとふれ合い、さすがのピーボも疲れたようだ。マットの上にぺたりと伏せて、目をしょぼつかせていた。

それでも、笠門の気配をうかがっている事は判る。これから二人でやらねばならない任務の事も、おそらくもう知っている。

ピーボは何だって、知っている。

二

七階でエレベーターを下り、廊下を右に進む。角を曲がり、緑色の扉の前まで来ると、指紋認証用モニターに右手人差し指を置く。

カチリと錠の開く音が響き、ドアが開いた。警察官二名が笠門とピーボを待っていた。

「笠門巡査部長とピーボ号、定期巡回に参りました」

左に立つ女性警察官の浜尾が、手にしたファイルに目を落とす。

「本日の巡回は、七〇四号室。巡回対象者は二十一番、橋本《はしもと》金治《きんじ》、男性、七十二歳」

「彼は以前にも巡回していますね。去年、ちょうど、ピーボがここに来たばかりの頃だった。たしか、窃盗の常習犯だったかと」

「はい。前回の服役中に腸閉塞で入院しています。その際に巡回していただきました」

浜尾は苦々しげに、ファイルをポンと叩く。

「退院後、すぐに出所したんですが、二ヶ月で出戻りです。今度は強盗で」

「強盗？　窃盗の常習だったのに？」

「忍びこんだところ、家人と出くわし突き飛ばしたんです。転倒した家人は頭蓋骨骨折の大けがを」

「強盗となると、刑期はかなり重くなったのでしょうね」

「求刑通りの十五年。ただ、いずれにせよ、彼はもう戻れそうもないんです。大腸癌で余命半年の診断が下りました」

病名を聞くと、ますます気が重くなる。笠門はピーボの脇にひざまずき、首輪とリードを交換する。黒い首輪の裏にはマイクが仕込まれており、笠門はイヤホンを使ってその音を拾い、録音する事ができる。

「よろしく、お願いします」

警察官二人は静かに敬礼をした。

それをきっかけとしたように、ピーボもまた歩きだす。

ナースステーションの前を抜けると、そこは警察病院特別病棟の病室だ。全部で八部屋あり、患者は皆、囚人である。

廊下の真ん中に、恰幅のよい警官が一人立ってはいるが、さほどの緊張感は見られない。八名の囚人を前にしているとはいえ、皆、病状は深刻で、独力では歩行もままならない。脱走を図ろうとしても、自身の体をベッドから起こすだけで一苦労という有様だ。

笠門は警官に敬礼をする。警官の目には冷ややかな光が宿っていた。笠門たちの行いに批判的な警察官がいる事は理解していた。しかし、慣れっこになっているとはいえ、やはり目の当たりにするときつい。

警官の前を通り、七〇四号の前に立つ。ネームプレートを確認し、中に入った。病室のドアは開け放したままであり、薬と消臭剤の混じった、何とも言えない臭いが洩れてくる。

部屋の真ん中にはベッドがあり、治療に必要な点滴やモニター類がそれを囲む。一方で、冷蔵庫やテレビといったものは一切、置かれていなかった。窓にはカーテンが引かれ、天井の照明も控え目になっている。

ベッドに横たわる男は、痩せてこそいるが、案外血色もよく、大きな目にはまだまだ生気が宿っていた。

橋本金治は細い腕で上体を起こすと、掠れた声で「来たか！」と叫んだ。歯のほとんどが抜け落ち、真っ白になった髪が耳を隠すほどに伸びている。

笠門は来客用の折りたたみ椅子を、ベッドの脇に置いた。ピーボはその上にひょいと飛び乗り、ベッドの方に顔を突きだした。

橋本は目を潤ませながら、手荒くピーボをなでる。毛をクシャクシャにされても、ピーボはじっとされるがままになっていた。

笠門はピーボに向かって小さくうなずくと、廊下に出た。すぐにイヤホンを耳に入れる。電波状態はよく、橋本の声が耳の中に響き渡った。

「家に人がいたとはよぉ。気づかないなんて、間抜けな話さ」

逮捕のきっかけとなった強盗事件の事を言っているのだろう。

「下調べもしっかりやったんだ。住んでんのは、夫婦二人だけってな。まさか、奥の部屋に引きこもりの息子がいたなんてなぁ。近所にも内緒にしてたらしいんだ。八年、部屋から出てなかったそうだよ。考えられるか？　八年だぜ」

橋本はピーボに話し続ける。長年の友達に再会したかのようだ。

「まあ、昔のオレだったら、気づいていただろうなぁ。毎日の買いだし。食料が二人分か三人分かなんて、すぐに判っただろうからよ」

マイクにシャカシャカという不快な雑音が入る。橋本がピーボの首回りをなでているのだ。

「なあ、オレが一番怖いもの知ってるか？　犬だよ。泥棒の天敵さ。そんな天敵が、こんなにかわいいなんてなぁ。オレの人生、どっかで間違えたんだなぁ。どっかで何かが違ってたら、犬飼って、のんびり暮らしてたかもしれねえなぁ」

シャカシャカという音は続く。

ピーボが入室してから、二十分がたとうとしている。一度の面会で許されている時間は、三十分までだ。

「あと何回、おまえと会えるかな」

もともと橋本は、饒舌な男だと報告書にはあった。娑婆と刑務所を行き来しながら、多くの修羅場をかいくぐり、一匹狼として生きてきた。人当たりがよく、頭の回転も速い。同業者たちからの評判もよく、仲間内のゴタゴタに巻きこまれた経験もほとんどない。

一方で、警察に対しては「渋い」男として知られていた。あれやこれやと喋り倒すが、それのどこまでが本当なのか判らない。橋本が漏らした同業者に関する情報を元に張りこんでみれば、すべてがガセだったという事もあったらしい。

話すべき事と秘匿すべき事を理解し、ヘラヘラと笑う一方でしっかりと取捨選択をする。たしかに厄介な相手だった。

「出所の見こみはないだろうなぁ。身寄りもないし、ここで一人死ぬだけさ。何だかなぁ」

シャカシャカ。シャカシャカ。

あと一分で規定の時間になろうとしていた。イヤホンを外し、撤収を始めるべき時だ。

笠門は動かなかった。ピーボとの時間を少しでも増やしてやりたい。そんな仏心もなくはなかったが、それ以上に、経験からくる勘が、「あと少し」と囁きかけていた。

「オレは地獄に落ちるんだ。それは間違いねえ。向こうには先に逝った同業連中がいっぱい待ってんだ。ヤツらと面白おかしく……」

橋本がふいに黙りこむ。ナースステーションからは、看護師長の柴田がもう時間だと身振りで報せてくれている。

笠門は待った。あと一分だけ。

「そういやあ、あの野郎はどっちにいるんだろうなぁ。地獄かな天国かな」

シャカシャカ、シャカシャカ。

「自殺って事にされて、地獄に落ちたとなりゃあ、気の毒な話だな。ホントは殺されたのによ」

三

須脇文は、たるんだ顎を引きながら、パソコンの画面を睨んでいる。録音された橋本金治の声が、デスクとキャビネットだけという殺風景な部屋に響いていた。

『三年前の夏さ。大崎あたりを下見してたらよ、見ちまったのさ。心底、たまげたなぁ。五十年近く、お勤めしてきたけど、人死にの現場見たのは初めてだった。あれは、殺しだよ。顔ははっきりしなかったけど、男が男をベランダから突き落としたんだ』

須脇は再生を止める。

「で、彼の言う事件というのは、本当にあったのか？」

彼のデスクの前に立つ笠門は、あらかじめ用意しておいた答えを述べた。

「ネットで調べたところ、三年前の夏、品川区大崎六丁目のマンションで、男性がベランダから転落死しています」

「自殺として処理された？」

笠門はうなずく。

「大凡が、橋本の証言と一致します」

「おまえは、ヤツの言う事を信じるのか？」

「嘘をつく理由はないと思いますが」

須脇は腕組みをして、顔を顰める。

「しかしこいつは、かつてセンミツとまで呼ばれた男で……」

「千の内、三つしか本当の事は言わない」

「今回だって、でまかせの可能性はある」

「余命宣告を受けて入院中の病室で、ピーボに対して、嘘を言ったと？」

部屋の片隅で伏せていたピーボの長く大きな耳が、かすかに動いた。

そんなピーボを、須脇は薄気味悪そうに見やり、不承不承の顔付きながら、あらためてうなずいてみせた。

「まあ、それもそうだ。調べてみる価値は、ありそうだな」

「では、さっそくかかります」

「ただし、所轄警察署との無用な紛議は困る。向こうは自殺として処理済みなんだからな」

今度は笠門が顔を顰める番だった。

「警視正から一言、口添えしていただければ、解決する問題だと思いますが」

「口添えして、万が一、この証言がガセだとなったらどうする？　恥をかくのは俺だ」

やはり、橋本の証言を百パーセントは信じていないのか。腹の底に熱いものを感じつつ、パソコンを閉じた須脇から目をそらす。

「資料編纂室に行って、事件資料をもらってきます」

「資料作成はまだ指示していない」

「自分の方で既に依頼済みです」

須脇は「そうか」と短く言って、自身のスマホをいじり始めた。

酷くご機嫌を損ねてしまったようだ。

笠門はしてやったりの思いで笑顔を作る。

「ピーボ、行こうか」

四

警視庁本部地下三階にある資料編纂室は、今日も埃臭く、思わずハンカチで口と鼻を塞ぎたくなるほどだった。

ピーボは、二階にある互助組合の書店で預かってもらっている。

所狭しと積み上げられた段ボールの間を抜けながら、笠門は不思議と居心地の良さを覚えていた。

ただ一人のハンドラーとして、常にピーボと行動を共にするが、耳目を集めるのはピーボであり、場の中心にいるのもまたピーボだ。笠門はいつの間にかはじきだされ、隅へと追いやられてしまう。

警視庁の中心からはじきだされたようなこの場所でホッとできるのも、そうした日常故なのかもしれない。

「もしかして、笠門巡査部長ですか?」

段ボールの山の向こうから、女性の声が響いてきた。

資料編纂室にただ一人勤務する、五十嵐いずみ巡査である。

看護師経験ありという、笠門と同じ職歴を持つ彼女は、この職場の事をどう思っているのだろうか。朝から晩まで、たった一人でひたすら入力作業を行う。そんな毎日にどう折り合いをつけているのだろうか。

それとなく尋ねてはみたものの、彼女は意味ありげに笑い、結局、はぐらかされてしまうのが常だった。

前に来た時とは、段ボール箱の位置が大きく変わっているうえ、箱と箱の間の道は右に左にと曲がりくねり、見通しがまったく利かない。

「どこにいるんだ?」

「笠門巡査部長こそ、どこにいるんです?」

「判るわけないだろう」

「とりあえず、この音を目標に歩いてみて下さい」

シュイイイインという、奇妙な音が聞こえてきた。いずみが入力に使っている古いパソコン、通称ポルタがたてる音だ。

シュイイイイン。

音を頼りに箱の間を抜けていく。ふいに、ぼんやりとした白い光が見えた。

「やっと見つけたよ」

畳四畳ほどの空間があり、パソコンと笑顔のいずみが迎えてくれた。

「すみません、この間、部屋の模様替えをしたので」

「殺風景な段ボール箱ばかりで、模様替えもへったくれもないだろう」

「よく見ると、段ボール箱にもいろいろ種類や違いがあるんです。模様替えは気分転換になりますから」

「俺にはよく判らん」

シュイィィィン。パソコンがまた音をたてる。

「それより、資料は？」

「出来上がってます。いま、巡査部長にメールしました。プリントアウトもしておいたので、こちらを」

クリアファイルに入れた資料を差しだしてくる。

「助かる。一応、ここで確認させてもらっていいか？」

「どうぞ」

一件の捜査資料とはいえ、その量は膨大だ。いずみは笠門に渡すため、情報を素早く選択し、必要最低限のもののみにまとめてくれる。この手際のよさは経験と才能の両方によるものだろう。

笠門は彼女がまとめてくれた資料に目を通し、補足的な説明を求めるだけで、これから向き合う事件に対し、十分な情報を得る事ができるのだ。

ベランダから転落して亡くなった男性は、深見《ふかみ》敏也《としや》、二十九歳だった。場所は大崎六丁目のマンション「アブソーバ」で、転落の年月日も橋本の証言と一致する。

マンションは八階建てで、深見の部屋は六階の六〇三。

「遺体の発見場所から見て、自室のベランダから落下した事は間違いないようです」

資料の中には、「アブソーバ」の簡単な見取り図も入っていた。

住居となっているのは二階から八階まで。各階には部屋が六戸ずつ配され、計四十二世帯が暮らしていることになる。建物の一階部分は住人専用の駐車場となっており、四台分のスペースがあった。遺体は三番車庫の前で見つかっている。

「深見さんが落ちたとき、三番車庫に車は駐まっていませんでした。もし駐まっていたら、飛び散った血痕が付着したりして、大変だったと思います」

いずみの言葉通り、遺体の損傷は酷かった。六階ベランダから落下し、アスファルトに頭から叩きつけられたのだ。現場写真はどれも凄惨なものだった。

「このマンションは賃貸ではなく分譲なんだな。場所から見てけっこう値が張ったと思うが……」

深見は一人暮らしと資料にはある。二十九という年齢でこのクラスの部屋が買えるのは、何か特殊な事情があると考えるべきだろう。

「深見学園ってきいたことないですか？　大手の予備校です」

笠門は首を振る。

「神奈川を中心に展開しています。埼玉や茨城にも進出したんじゃなかったかと。私立大学に強く……」

「予備校の解説はいい。つまり親族は、大手予備校を経営しており、かなりの資産家だった。そういう事か？」

「はい。父親が学校長的なポジションにいて、子供は三人。深見は次男でした」

笠門は手元の資料をめくる。

「深見敏也の死亡に関する記事は、ほとんどなし。父親の働きかけかな」

「予備校経営者の息子が自殺、というのは、イメージ的にはよくないですからね」

「自殺と判断した決め手は何だったんだろう？」

「資料にもありますが、敏也氏は私立天津高校を卒業……」

「天津って、超有名な進学校じゃないか。看護師時代、そこ出身の医師に何人も会った。大抵、いけ好かない野郎だったけどな」

「敏也氏のほかに長男と三男は、共に天津高校から東大に入っています」

「少し読めてきたぞ。敏也は……」

「受験に失敗。一浪したものの、東大合格は果たせず、そのまま引きこもり同然の生活に入っています」

大学入試失敗が十九歳、その後、転落死するまでの十年間を部屋の中で過ごしてきたのか。

「当初は世田谷の自宅で親と同居していたようですが、亡くなる四年前にアブソーバに移っています」

「部屋の名義は、父親か？」

いずみが暗い表情でうなずいた。

厄介払いをしたのか。失敗作の烙印を押し、見捨てたのか。

資料には、生活費等はすべて親がだしていた事、月に一度心療内科に通うほかは、ほぼ部屋に閉じこもる生活を送っていた事などが綴られている。

「早期に自殺と判断されたのは、こういうわけか」

「資料にはありませんが、心療内科の主治医にも話はきいたようです。守秘義務を盾にはっきりした事は言わなかったようですが、軽度ながら鬱状態にあったのは確かなようです」

「遺書はなかったんだな」

「見つからなかったとあります」

「部屋の鍵はどうなっていた？」

「警察が管理人と部屋に入ろうとしたときは、施錠されていたとあります」

「鍵本体はどこに？」

「駐車場、遺体の傍に落ちていたそうです」

「身につけていたわけではないんだな」

笠門は手元の資料をめくり、鍵の写真をだす。遺体から二メートルほど離れたところ、側溝の縁に引っかかるようにして鍵は落ちていた。

「鍵についているプレートみたいなものは何だ？　キーホルダーか？」

シルバーのプレートが鍵にくっついている。写真が小さく、よく見えない。

「もっと鮮明な写真はないのかな？」

「私の手元に来たのは、これだけです」

「そうか……」

ファイルを閉じると、笠門は今後の出方を考える。当時、捜査に当たった北大崎署に直接当たるわけにはいかない。波風をたてるなと須脇から釘を刺されたばかりだ。主治医のところに押しかけても無駄だろう。守秘義務という壁の向こうに隠れてしまうに違いない。

敏也の両親はどうだろうか。恐らくはもっとも避けるべき選択肢であろう。考えたくもない事だが、彼らは不出来な息子を厄介払いできた程度に思っている可能性がある。敏也の死の真相を改めて調べたいなどと言った日には、どのような妨害が行われるか。

打つ手が見つからない。

笠門は資料をめくり、マンション「アブソーバ」の外観の写るページをだした。

「ここから始めてみるか」

資料を閉じ、脇に挟む。

「忙しいところ、悪かったな」

「いいえ。丁度、一九六八年の質屋夫婦殺しの資料入力を終えたばかりでしたから。気分転換に丁度、よかったです」

何が気分転換なのかは理解できなかったが、笠門は今一度礼を言い、出口へと向かう。

そして、また道に迷った。

五

マンション「アブソーバ」は目黒川から道一本へだてた、住宅地の中にあった。五反田と品川のちょうど真ん中辺り。さぞ賑やかな界隈だろうと思っていたら、公園が多く、街路樹が青々と茂る、閑静な一帯だった。

マンションが多いとはいっても、流行のタワーマンションではなく、どれもが五階から八階建ての中層階住宅だ。駐車場完備で、外観を見ただけでも、相当に金がかかっているのが判る。

時刻は午前十一時を回ったばかり。二車線の道路を挟んで、ピーボとともに「アブソーバ」を見上げた。両隣も似たようなマンションで、どちらも「アブソーバ」より新しい。ネットで調べたところ、敏也が転落した三年前は、どちらの建物も着工前で、工事用のフェンスで囲われていた事が判った。

見通しは今より多少、よかったのかもな。

「アブソーバ」の向かい側は、再開発が遅れているのか、築年数のたった一戸建てと空き地が交じり合っている。深夜であれば、この通りも人気がなくなり、目撃される心配も少なくなる。空き巣常習犯にとって、「アブソーバ」はかっこうの標的だった。

橋本金治もあの日、いま笠門たちがいる「アブソーバ」の前に立ち、様子をうかがっていたのだろう。各戸のベランダが、一望できる。

笠門は通りを渡り、「アブソーバ」の駐車場に入った。鎖やシャッターの類はなく、出入りは自由だ。

　駐車場となっている一階部分は、柱ごとに四つに区分され、奥の壁には一から四までのプレートがついている。車は四台とも出払っており、空っぽだ。

　ピーボが鼻を鳴らしながら、三番の前に進んでいった。

　判るのか？　おまえには。

　ピーボが立つのは、敏也の転落死体が見つかった場所だ。むろん、そんな痕跡はもはやどこにも残っていない。

　それでもピーボはまるで黙禱《もくとう》するかのように、頭を垂れそこに佇んでいた。

　笠門も彼の傍に立ち、手を合わせる。

「何してるんだね、そんなとこで」

　目を閉じていると、後ろから声をかけられた。正面玄関脇にある扉が開き、初老の男性が顔をのぞかせている。

　扉の上には防犯カメラがセットされていた。駐車場を映していたのだろう。

　笠門は素早く男に向き直ると、近づいて行って身分証を突きつけた。

「管理人の方だね。少しお話をうかがいたいのだが」

　男はとまどった表情で身分証を睨み、続いて、駐車場に大人しく座ったままのピーボに目を移した。

「警察……って、あんたら、何者なんだい？」

「三年前に転落死した深見敏也さんについて、調べている。あなたは、当時からここに？」

男は「ああ」とうなずいた後、首を左右に振った。

「ダメダメ。居住者については、一切、口外厳禁だって、管理会社から言われていてね」

「深見さんは既に亡くなられている。それに、これは警察の捜査だ」

「だからって、一応、会社に確認しないと」

「深見さんの部屋には、もう別の人が住んでいるんだろう？」

「ああ。もちろん」

「だったら、深見さんは居住者には当たらない」

「妙な屁理屈言うんじゃないよ。とにかく、出直してくれないかなぁ」

思っていた以上に、管理人の抵抗は強かった。

道の向こうから女の子の激しい泣き声が聞こえてきたのは、そのときだった。声は徐々に近づいてくる。このマンションの住人らしい。

まもなく、歩道から正面玄関に向かってきたのは、七歳ほどの女の子と、うんざり顔の母親だった。学校帰りと見え、女の子はランドセルを背負い、母親は落ち着いた色のスーツ姿である。面談か何かあったに違いない。

「仕方ないでしょう、ママ、急にお仕事になっちゃったんだから」

「明日は映画に連れてってくれるって……」

「今日、お休み取っちゃったから、明日は無理。日曜まで待っててくれてもいいでしょう」

「映画館でカードもらうの。日曜まで待ってたらなくなっちゃうよぉ」

「カードなら、ネットで探してあげるから」

「嫌だ。映画館でもらいたい」

「もう！」

玄関ドアの前で、いつ果てるとも知れない言い合いが続く。管理人はその様子をうかがって苦笑している。よくある光景なのだろう。

ピーボがすっと立ち上がり、女の子の方へと近づいていった。

驚かせないよう一直線に進むのではなく、ゆるいカーブを描きながら、近づいていく。

「あ、犬！」

少女の顔から頑なさが取れ、輝くような笑顔がそれに取って代わった。

一方で母親はとまどいと恐怖の入り交じった表情だ。ピーボに近づこうとする娘を止め、自身の体でかばおうとしている。

「その犬なら、ご心配なく」

すかさず、笠門は声をかけた。母親に身分証を見せ、続ける。

「警察の犬ですから。嚙んだりは絶対にしません」

「警察犬なの？」

「まあ、そのようなものです」

そのやり取りの間に、女の子はピーボの頭をやさしくなでていた。

「かわいい」

「ダメよ、それ警察の……」

「構いませんよ。しばらくの間、見ていていただけると、逆に助かるのですが」

犬に夢中の娘を見やりながら、母親は素早く頭を巡らせているようだ。犬から引き離し、また明日の予定について不毛な議論をするか。犬で気分を変えさせ、あらためてなだめるか。

瞬時に後者を選択したらしい母親は、「判りました」と言って、ピーボたちの傍へと向かっていった。

笠門は無言で管理人を見る。困惑と悔しさの入り交じる何とも切ない顔で、彼は親指でドアの中を示した。

「負けたよ」

正面玄関脇のドアを入るとそこが管理人室だった。

中は思っていたより広く、防犯カメラの画像を映しだすモニターが並び、壁には様々な鍵がぶら下がっている。マンションの管理規則などのファイルが収まったキャビネットがあり、その奥には小さいながら給湯室もあるようだ。

笠門はモニターを通して、ピーボの様子をうかがう。彼は親子連れに寄り添いつつ、尻尾をふわりと動かしたり、クルクルと回って歩いてみせたりして、女の子を上手い具合に楽しませている。そして女の子の楽しげな様子が、張り詰めた様子だった母親を慰めている。

さすがだなピーボ。

モニターを目の端で捉えつつ、笠門は自身の仕事に取りかかる。

「それで……」

管理人はエントランスを一望できる小窓をぴしゃりと閉め、仏頂面で自分用の椅子に腰を下ろす。笠門用の椅子はなく、ドアの前で立ったまま話をきく事となった。

「ききたいのは、亡くなった深見敏也氏についてなんだ。それ以外の事は質問はしない。できる限りでかまわないから、答えて欲しい」

管理人は無言で肩を竦める。

「彼の生活態度はどうだった？」

「どうだったかってのは、自殺しそうだったかって事？」

「それも含めて」

そこでようやく、管理人は重荷を下ろしたかのように、体の力を抜いた。表情も和み、固い雰囲気が一変した。

「質問に答える前に、こちらからも一つ、ききたい事がある。あんたの目的は何だ？　あれから三年だ。警察が、人の自殺を無意味にほじくり返すわけはない。まさか……」

「詳しくは言えないが、ある目撃証言があった。それで、もう一度、調べ直しをしている」

「あんた一人で？」

笠門はモニターを指さす。

「相棒と一緒にな」

ピーボがじっとカメラの方を見ていた。

管理人は笑う。

「妙なヤツだな。犬が相棒か」

「それで、こちらの質問には答えてもらえるのか？　口ぶりからすると、敏也氏とは親しかったようだが」

「そういうわけじゃない。住人とはなるべく距離を置くようにはしているんだ。偏ると苦情がくるんでね」

「敏也氏は引きこもり生活だったそうだが」

「実際はそんな事なかったんだ。たしかに仕事も持っていなかったようだし、訪ねて来る人もいなかった。それでも、日に一度は散歩や買い物に出かけていたし、目があえば、挨拶くらいはしてくれたよ。わりと几帳面な性格だったのかな。散歩と買い物はいつも三時半から四時まで。判で押したようだった」

「このマンションで親しかった人は？」

「それに答えるのは勘弁してくれ。答えれば、あんたらはその人の所に行くだろう？　プライバシーだの個人情報だの、後で文句言われるのはこっちなんだから」

「となると、あんたにきくしかない。彼の自殺について、思い当たる事はあるか？」

「ないね」

「その根拠は？」

管理人はしばし口を閉じ、語る事へのためらいをみせた。笠門は焦りを抑え、無言で待つ。

「彼は絶望なんてしてなかったからだ」

管理人の言葉には力があった。

「どうして、そう言いきれる？」

「知っての通り、有名予備校経営者の御曹司の自殺だ。ネットを中心に色々な情報が出回った。親の期待に応えられず、最期は見放され引きこもり生活。結局、鬱になって自殺した、とかさ。

勝手な事ほざきやがると、腹が立ったよ」

「真実は違うと?」

「彼は彼なりに、生き抜こうとしていたと思う」

「職もなく、友人もいない生活を送りながらか?」

「オレはただの管理人だから、人の精神状態や何やらを語る資格はない。でもな、人を見る目だけは養ってきたつもりだ。管理人なんて、人の顔を見るのが仕事だからな」

彼の言葉には、それなりの説得力がある。頑固で扱いにくい相手と辟易していたが、話をきく相手としては信頼が置けそうだった。

「詳しくきかせてくれないか」

「だから、ネットやらマスコミやらの言う事は半分、デタラメって事さ。雰囲気で決めてかかって、実態は確かめない。それは、あんたら警察にも言えた事だ」

「しかし、こちらも一応の調べはしたはずだ」

「彼の部屋には、生活感があった」

「え?」

「警察が来て、彼の部屋に入るから立ち会ってくれって言われてさ。それで、一緒に中に入ったんだ。部屋には洗濯物が吊してあって、流しには夕食に使った皿が、洗わないまま置いてあった。携帯は充電器に繋いであったし、ゴミもきちんと分別してゴミ袋に入っていた。あれは、生活に疲れて死のうとしていた男の部屋じゃないよ」

「あんたはそう思ったかもしれないが、警察はそんな所では判断しない」

「ゴミ収集は翌日だったんだ。分別したゴミ袋を玄関の脇に置いてた。壁のカレンダーには予定もしっかり書きこまれていた。テーブルにレシートが置いてあってさ、ちらっと見たら、亡くなった日に牛乳や生鮮食料品を買いこんでた。だから……」

笠門は管理人を制した。

「待ってくれ。あんたがそう信じたい気持ちは判る。だが、そうした状態でも、人は自死を選んだりする。人の内面は……」

ふいに、一つの疑問が浮き上がってきた。

「カレンダー！」

「え⁉」

「カレンダーに予定が書いてあったって、言ったよな」

「ああ、言ったとも。自殺しようって人間が、今後の予定を書きこんだり……」

「その予定の内容、覚えているか？」

「そりゃ、覚えてはいる……けど」

「頼む、教えてくれ。絶対に、迷惑はかけないから」

「大崎駅の近くに大崎第三地域センターってのがある。そこに行くといい。今日は、午前中からやってるんじゃないかな」

「今日は……やってる？」

「ボランティア団体だよ。彼は、そこに参加していたんだ」

「団体の名前は？」

「それは勘弁してくれ。行けば判るから。オレから聞いたって事も内緒で」

笠門はうなずいた。手がかりを与えてくれただけで十分だ。

「ありがとう。助かったよ」

モニターの中では、少女とピーボがまだ楽しそうに遊んでいる。

「なあ」

部屋を出ようとしたとき、管理人が声をかけてきた。

「もし彼の死が自殺じゃないなら、絶対、犯人、見つけてくれよ」

「もちろん、そのつもりだ。結果が出たら、報せるよ」

「頼む」

外に出ると、少女の歓声が耳に飛びこんできた。

六

雲の間から陽がのぞき、ピーボがうれしそうに空を見上げる。

ピーボは雨が嫌いだ。仕事を離れたオフの時、雨が降ると目に見えて機嫌が悪くなる。恨めしそうに空を見上げ、散歩に出てもあまりはしゃぐ事がなく、さっさと家路につくのが常だった。

大崎第三地域センターのエントランスで、ピーボはもう少し外にいたい、と目で訴えかけてきた。

笠門はしゃがんで彼と目線を合わせる。

「悪いがこれは、一刻を争う仕事なんだ」

ピーボはすぐに気持ちを切り替えたようだった。優雅かつ堂々とした足取りで、センターへと向かい始めた。

「ありがとうな、ピーボ」

正面玄関横の掲示板に、使用中の部屋が一覧になって表示されていた。使用中なのは一部屋だけ。

「学習サポートマナビバ」とある。使用時間は午前九時から十二時まで。もうそろそろ終わる時刻だ。

笠門は受付で身分を告げ、特別に許可をもらうと、ピーボと共に部屋のある三階に階段で向かった。

ノックをしてドアを開けると、男女五人の目がこちらを見た。高齢の男性が二人、女性が一人。三十代と思しき女性と二十代半ばの男性だ。

高齢者三人が席に座り、若い男性がホワイトボードを背に何かを説明している。三十代の女性は、部屋の隅でその様子を眺めていた。

五人の視線は一瞬、笠門の周りを漂った後、すぐピーボへと移る。

「あら犬」

「犬だぞ」

高齢者三人が口々に言った。若者はただポカンとホワイトボード用のマーカーを持ったまま固まっている。

場の空気がまったく読めず、笠門は思わずピーボと顔を見合わせた。

「あの、何か御用ですか」

隅にいた女性が勢いよく進み出てきた。目が大きくてキラキラと光っている。地味なスーツ姿ではあるが、人を惹きつけるオーラがあった。

「ここの主宰者の方？」

笠門は身分証を示し、たずねた。女性は笠門の身分を知っても動じた様子はない。

「今福《いまふく》まりです。私が責任者ですが、何か？」

「深見敏也さんについて、お尋ねしたい」

まりの目が揺らぎ、彼女の放つ光が陰る。ほかの四人が急に不安げな面持ちとなり、突然の闖入者に険悪な目を向けてきた。ピーボのオーラも、彼女の放つ光にはかなわないらしい。

「外でお話ししてもいいですか」

まりが言った。

「もちろん」

彼女は四人を振り返り、言った。

「残り時間少しだけど、続けて。終わったら、先に下りていてくれますか」

彼らがうなずくより前に、まりは笠門とピーボの脇をするりと抜け、廊下に出ていった。

節電のためか蛍光灯が間引きされた薄暗い廊下で、まりは立ったまま言った。

「学習支援のボランティア活動なんです。私はＮＰＯ法人マナボウを主宰しています」

ピーボは窓際に凜とした姿で座っているが、まりは一向、興味を示す様子がない。笠門がなぜ犬を連れているのかなど、何一つ問うたりしなかった。

　笠門は尋ねた。

「学習格差解消のために、教育サポートをする、あれですか?」

「ええ。参加は無料。教師側は基本的にボランティアです。引退された教師や大学生、塾講師の方々に参加してもらっています」

「いま、教室にいるのは……」

「若い男性が教師、高齢の三人が生徒です。あらためて勉強し直したいっていう高齢の方は、すごく多いんですよ。若い人だと、不登校の人が中心かな」

「それで、深見敏也についてなんだが」

　まりの表情が曇る。

「彼は教師として来てくれていたんです」

「中高の成績は優秀だったと聞いている」

「両親の期待が過度に大きかっただけで、彼は十分に優秀でした。いろいろあって引きこもり同然だって、本人は言ってましたけど」

「彼がここに来た経緯は?」

「詳しくは知りませんが、ボランティア募集の貼り紙を見たと。区役所などの公共の場に、貼り紙をさせてもらっているんです。多分、そのどれかを見たんでしょう」

「彼を採用したのは、あなた?」

「ええ。一度面接をして、多分、大丈夫と思ったから、その日から来てもらいました」

「ずいぶん、簡単に決めるんだな」

まりは首を傾げつつ、形のよい唇に人差し指を当てた。

「うーん、上手く言えないですけれど、彼にはそうすべき、と思ったんです」

「それは、直感のようなもの？」

「ええ。私、時々、やるんです。でも、不思議と外れた事はないんですよ」

その言葉には、彼女の密かな自信が感じられた。

「深見氏は、亡くなるまで何回くらい、ここに？」

「正確な回数は判りませんが、とにかく、活動があるときは必ず来てくれました。彼は小中高の基本がほぼ完璧に出来ていて、しかも、説明が判りやすいんです。頭の回転が速くて、想像力もあった」

「それはそうだろう。彼の一族は予備校の経営者だった」

「逆に親のいいなりになる経営者には向かなかったと思います。詰めこみ暗記型の受験勉強なんかも苦手だったんじゃないかなぁ」

「その辺りの事は？」

「ざっくりとですけど、きいてはいました。自分は優秀な一族の落ちこぼれで、親からも見捨てられたダメ人間なんだって。でも、そうやって口にだせるって事は、ある程度、自分の中で折り合いを付けられているって事でもあるんですよね」

まりの表情がふいに強ばった。

「だから、彼の自殺が私にはどうしても理解できないんです。世間から見れば、彼は落ちこぼれで生きていく事に絶望していたように見えたかもしれません。でも、実際はそんな事なかったんです。彼は一人で十分幸せだったし、その上、やっと目標みたいなものもできたんです」

　彼女もまた、「アブソーバ」の管理人と同じ印象を持っていたわけだ。

「目標というと？」

「経営者としてではなく、講師として身をたてていきたいって。そのための勉強もちゃんとしたいって、私にはそう言っていたんです」

「それは、いつの事？」

「亡くなる少し前です。その言葉を聞いたとき、ああ、私の直感は今度も間違ってなかったって、強く思ったのを覚えています」

　ドアが開く音がして、講師と生徒が顔をのぞかせた。

「そろそろ時間なんで」

　講師の若者がまりに向かって言う。

「判った。先に下りてて」

　彼女は笠門に名刺をだす。

「もう行かなくてはならないので、追加の質問があれば、名刺の番号に電話して下さい」

　ＮＰＯ法人マナボウとあり、品川にある事務所の住所と電話番号が書かれていた。名刺の右上には「MANABOU」というロゴをあしらったマークが描かれていた。

「事務所は品川なんですね」

「事務所と言っても、夫と二人で何とかやってるだけなんですけど。ボランティアの方にいろいろ助けてもらってます」

そう言いながら、まりは会議室を施錠するため、施設の鍵をだした。その際、自宅のものと思われる鍵がポケットから転がり出て床に落ちた。

「あ、すみません」

鍵は銀色のキーホルダーについていた。銀のプレート部分には、小さく「MANABOU」の文字がプリントされている。日差しがプレートに反射して笠門の目を射た。

「そのキーホルダー！」

笠門はスマホをだし、捜査資料のデータを表示する。深見の遺体脇に落ちていた鍵。そこについていたのも、同じ銀色のキーホルダーだった。

まりは言う。

「事務所を開いた記念に作ったものです。深見さんが欲しいっていうから、一つ、あげたんですよ。亡くなる少し前に」

まりは感慨深げに、じっと画面を見つめていた。

そんな彼女に、笠門はさりげなく問うてみた。

「ご結婚されたのはいつ？」

藪から棒の問いにも、まりは何の躊躇もなく答えた。

「三年前です。結婚式には深見さんも出て貰おうって夫と言ってたんですけど……」

「そうか。妙な事を聞いて悪かったね」

「いいえ。じゃ、失礼します」

まりはぺこりと頭を下げると、階段をかけ下りていく。その足音に混じって、澄んだ声が上ってきた。

「あ、そのワンちゃんかわいいですね」

七

今福まりの笑顔が、まだまぶたの向こうにうっすらと残っている。不思議な魅力をたたえた女性だった。

深見敏也も同じ想いを抱いたのかもしれない。

それだけに、彼女の結婚はショックだったかもしれないなぁ。

マンションの間にある小さな公園だった。遊具の類いはないが、緑が多く、アジサイ、キンモクセイ、ハナミズキなどが植わっている。小ぶりのベンチが三つあり、その真ん中に笠門は腰を下ろしている。ほかに人はおらず、ピーボがややくつろいだ様子で風にそよぐ草花の様子を興味深げに見つめていた。

マンション「アブソーバ」はすぐ近くにあり、枝葉の向こうに外観が垣間見える。

「それが、原因だったのかもしれないな」

敏也がボランティアに熱を入れていたのは、今福まりのせいではなかったか。そして彼女の結婚を知った直後、彼は自殺をした。

そう考えると、カレンダーにつけた丸も、彼の切ない思いの表れだったのかもしれない。

この件を須脇に報告すれば、恐らく今回の件は自殺で再処理される。金治はやはりセンミツの金治だったと結論付けられる。金治がそれに対して文句を言う事もない。笠門たちのやっている事は伏せられているし、すべてが終わる頃、彼はこの世の人ではない。

笠門自身、当初の勢いは失われていた。敏也は自殺だった。それでいいじゃないか。ふとそんな思いに囚われたとき、ぐっと膝に重みを感じた。

ピーボが膝にそっと顎をのせていた。大きな目で、彼はこちらを見上げている。深い、憂いを含んだ褐色の目に、吸い込まれそうな錯覚に陥った。

我に返る。

笠門はピーボの頭をなでた。

「そうだな。患者の事を疑っちゃ、いけないよな。痛くて怖いとき、ピーボにウソなんて言わないよな」

ピーボはそっと顎を膝からどかした。

「さて、じゃあどうするかな。手がかりが何もなくなっちまったよ」

そう言いながら、リードを握る手に力をこめる。そういう時は原点に立ち戻るしかない。再び、現場に戻るのだ。

通りを渡り、「アブソーバ」の駐車場に入った。あの管理人が飛びだしてくるかと思ったが、ドアは閉まったままだった。見回りにでも出ているのかもしれない。

駐車場スペースの前に立ち、マンションを見上げた。現場と言っても、残されているものは何もない。

橋本の言葉を信じるなら、敏也は何者かに殺害された事になる。しかし、ざっと調べた限り、敏也に動機を持つ者はいない。挫折を味わい、都会の片隅で静かに生きていた男だ。そんな人間をいったい誰が殺そうなどと……。

ピーポがユラリと歩を進め、駐車場奥の壁に書かれた番号を見上げた。敏也の遺体があった場所の正面、三番駐車場だ。

「待てよ……」

突拍子もない発想だったが、今は藁にでもすがりたいところだ。

いずみの資料をめくり、事件当時、この三番駐車場を借りていた者の氏名を探す。

「こいつか……」

部屋番号は二〇一号。氏名は坂路《さかじ》徹《とおる》で、当時は四十二歳の心臓血管外科医だった。

八

坂路徹については、何を調べる必要もなかった。ネットで名前を検索するだけで、次々と情報が湧いて出てきたからだ。

坂路は二年前までは、城南大学附属病院の心臓血管外科医として、将来を大いに期待される存在だった。論文執筆にも積極的で、四十二歳で准教授というのは、早い方だろう。

実家は栃木の地元で開業医を営んでおり、金はうなるほどあった。ネットには、愛車である真っ赤なフェラーリ・ポルトフィーノのハンドルを握る坂路の写真もあった。

浮かぶのは、「アブソーバ」の三番駐車場だ。

あそこには、こんな派手な車が駐まっていたのか。

いずみの言う通り、転落時に留守だったのは、幸いだったか……。不謹慎な考えもよぎる。

そんな坂路だったが、その後人生は一変する。二年前に病院を退職し、現在の所在は不明である。

転落のきっかけは、一枚の写真だった。薬物を使用している瞬間を捉えたものが医局にばらまかれ、スキャンダル化したのだ。病院は隠蔽を図ろうとしたが、写真はマスコミにも流され、大衆の知るところとなった。

坂路は逮捕こそ免れたが、華々しい医師としての道は完全に閉ざされてしまった。

問題は、坂路を破滅へと追いこんだ写真だ。

その写真自体も、今では簡単にネットで見つける事ができる。

ホテル一階、ラウンジに設けられたテラス席の一角で、笠門はタブレット端末をスクロールしていった。

そんな笠門の気持ちを読み、ピーボは大人しく床に伏せている。

画面に表示された写真は、思っていた以上に鮮明なものだった。ホテルの一室で器具を使い薬物を摂取しようとしている坂路の姿がしっかりと捉えられている。

「お待たせしましたぁ～」

立派な体格の男性が、汗を拭いながらやって来た。体重は百キロを超えているだろう。カーキ色のシャツにジーンズという出で立ちで、脇にラップトップを挟んでいる。

「えっと、渡辺彩名さんの紹介で来たライターの日下部《くさかべ》です」

渡辺彩名というのは、前回の事件で事情をきいた元フリーのライターである。

「笠門さんと……君がピーボ？」

呼びかけられると、彼はヒョイと顔を上げ、日下部を見上げた。

「よろしくねぇ」

人なつっこい笑みを浮かべ、日下部は手を振った。

「時間を取ってもらって、悪いね」

「いえいえ」

日下部は犬のおまわりさんを口ずさみながら、向かいの席につく。

「ダメ元で渡辺さんに連絡したんだけど、知り合いだと聞いて驚いたよ」

「超ブラックな編プロで一緒になった事がありましてねぇ。酷かったなぁ」

笠門はすぐに本題に入った。

「二年前に起きた城南大学附属病院のスキャンダル。あれを最初にすっぱ抜いたのは、君だよね」

「すっぱ抜いたっていうか、向こうから勝手に転がりこんできたというか」

「その転がりこんできた経緯をききたいんだ」

注文を取りに来た女性にアイスコーヒーを頼むと、日下部は「うーん」と太くだぶついた首を傾げた。

「今はフリーでやってますけど、二年前は出版社にいて、週刊誌の編集をやってました。超ブラックな編プロにいたのは、そのさらに前」

「編プロの件はいい。出版社で担当していたのは、週刊テペト？」

「週刊ペテロ。三番煎じくらいのゴシップ誌でねぇ。とにかく忙しくて、みんないつもピリピリしてて、殺伐とした毎日だったなぁ。今より二十キロは痩せてたっすよ」

そこから察するに、フリーとなった今は、やる気もあり、殺伐とは縁のない毎日を送っているらしい。

「それで？」

「ちょうど、城南大附属病院のネタをやってたんです。あの頃、教授同士のイザコザとかパワハラとか、いろいろウワサがあったんですよ。まあ、実のところはある事ない事、ギリギリの線で書いてたんですけど」

日下部は悪びれた様子もなく笑う。運ばれてきたアイスコーヒーにガムシロップを大量に注ぎ入れた。

「くぅー、甘さが染みるぅ」

コーヒーの余韻を楽しむ日下部の顔を、ピーボも不思議そうに見上げていた。

「それで、写真は当時ご覧になっているんですよね」

糖分が行き届いたのか、彼は真顔に返り、きいてきた。

「見た。それできたいのは、この写真は誰が撮ったのかなんだが」

「それ、判らないんですよ。あちこちばらまかれたけど、全部匿名で。結局、今もって誰のタレコミか、判ってないんじゃないかなぁ」

　日下部は感情の変化が判りにくく、それが真実かでまかせなのか、笠門には判断がつかない。

「ではこの写真にうつっている部屋はどこか、もう一つ、どこから撮られたものか、知っている事を教えてくれないか」

　日下部はニヤリと笑った。

「そうくると思って、ここを指定したんですよ」

「ここ？」

「ホテルサンガーニ。坂路は、ここを定宿として使っていましてね」

「定宿？　しかし、彼は大崎に……」

「彼の実家は開業医で、金がうなるほどある。週に一度、気分転換だとか言って泊まりに来ていたようですよ」

「この写真の部屋も特定済み？」

「とっくにね。二十五階の端っこの部屋。彼のご指定でしてね。ホテル側も上客に気を遣って、よほどの繁忙期以外、彼のために部屋を空けていたようです」

「二十六階以上はスイートやＶＩＰルーム、宴会場……。一般宿泊客が泊まれる最上階って事か。だが二十五階の部屋をどうやって写真に撮った？　本人に気づかれる事もなく」

「一つだけ方法があるんですよ」

　日下部はアイスコーヒーを飲み干すと、立ち上がった。

「勘定はもってもらって、いいですよね」

返事も待たず、えっちらおっちら、突き出た腹を揺すりながら、正面玄関へと向かって行く。

慌てて会計を済ませると、後を追った。

日下部は玄関前のロータリーを突っ切り、大通りの歩道の端につっ立っている。

笠門はピーボがいるため、全力で走る事もできない。

遅れてやって来た笠門に対し、日下部はホテルの裏手にあるオフィスビルを指さした。

「二十三階建てのビルです。あそこの屋上からだと、ばっちりあの角度で写真が撮れます」

「向かいのビルか。なるほど。しかし、判らんなぁ。定宿にするくらいなら、隣のビルから丸見えな事くらい気づいても良さそうなものだが。そんなところで薬物なんか……」

「本人、気づいていたみたいですよ」

何を今さらといった様子で、日下部は言う。

「それは確かな情報なのか？」

「出所は警察ですよ。三流週刊誌とは言っても、それなりのコネはあって警察の情報、けっこう貰ってましたよ。坂路って人も、その辺は気にしていて、ホテルで薬を使う事は控えていた。使ったのは後にも先にも一度だけだったと、取調べで話したそうです」

「そうなのか？」

「ええ。自宅以外で使ったのは、初めてだったとね。もう一つ、カーテンについても言ってましたよ。たまたま壊れていて、完全に閉まりきらなかったって。運が悪かったのか、写真撮ったヤツに上手くはめられたのか、どっちかですね。俺が知ってる情報はこれで全部っす。渡辺さんにはすごく世話になったので、サービスです。彼女に会ったら、よろしく言っといて下さい。じゃっ」

そう言い置くと、日下部はさっさと一人、雑踏に消えていった。

九

地上約七十メートルの風は、まだ冷たかった。手に持っていたジャンパーをはおり、日暮れ間近の屋上を見渡す。

見渡すといっても、視界はほとんどない。空調設備用の機械や排気ファン、屋外型変電機器などが並び、まるで迷路のようだ。

同行するビル管理会社の社員は、太いパイプを手で叩きながら言った。

「最近は屋上緑化とか進んでいるんですが、このビルは築も古いし、なかなか手がいれられないんです」

「二年前とほとんど変わっていないって事ですね」

「ええ。ソーラーパネルを入れるとか、いろいろ意見はあったみたいなんですが」

日下部が示したオフィスビル「ビッグアイ」の屋上である。須脇経由で管理会社に話を通してもらい、普段は立入禁止である屋上まで登ってきたのだ。さすがにピーボを同伴させるわけにもいかず、やむなく、付近の交番で預かってもらっている。交番には無類の犬好きという定年間近の老警官がおり、待機中の世話を買って出てくれていた。

それでも、なるべく早く迎えに行ってやりたい。

笠門はパイプや機器類の間を抜け、転落防止用のフェンスまで進む。目の前にホテルサンガーニがそびえていた。双方の距離は思っていたより近い。フェンスを乗り越え、縁に立てば、何の障壁もなくホテルの窓を覗く事ができた。

笠門は持参したタブレットで、坂路の写真を開く。角度、距離、間違いなくここから撮影したものだった。

問題の部屋は、現在宿泊客がいないらしく、電気は消えたままだ。

笠門は社員を振り返った。

「ここは立入禁止なんだよな」

「ええ」

「セキュリティはどうなっている？」

「去年、警備システムを強化して、午後五時以降、屋上で何か動くものがあれば、即、警備会社に通報が行きます。まあ、鳥だとかゴミだとかで、誤報も多いんですけど」

「一昨年はどうだった？」

「そこまで厳しくはなかったですが、屋上への出入口にはしっかりと鍵をかけていました。合鍵などが作れない特殊なものです」

「常に施錠していた？」

「いえ、日中、午前九時から午後五時までは開けてありました。整備や修理で、出入りが多いもので」

「施錠されるのは、午後五時からだったんだな」

「ええ」

「日中、屋上に出て、そのままどこかに隠れている。そうすれば夜中、屋上にいられたわけだ」

「ええ。ただ、施錠すると外から中にも入れなくなります。丸々一晩、屋上で過ごす事になりますね」

「判った。ありがとう、助かったよ」

「あの、警察の方が何を調べているんですか？　もしかして、我々の警備に落ち度でも……？」

「いや、そういう事ではないから、心配しなくて大丈夫。それより、待ち人がいるんでね。早く帰ってやらないと」

　笠門は社員を急かし、屋上を後にした。

十

鎌倉憲博《かまくらのりひろ》はスーツがよく似合っていた。史上最年少で城南大学附属病院の教授となった男にとって、スーツは白衣以上に着慣れているのかもしれない。

細面で白い肌をしているが、ひ弱な印象はまったくない。意志の強そうな目は鋭い光を帯び、警察の突然の訪問にも、まったく動じた様子はなかった。

「お忙しいところ、時間を取っていただき恐縮です」

　笠門は頭を下げた。

「いえ、どうぞ、お気になさらず。どうぞおかけ下さい」

そう言いながら先に腰掛けた鎌倉は、手を軽く握り膝の上に置く。左手の薬指には、真新しい結婚指輪が輝いていた。

「その犬は、ファシリティドッグなんですね？」

「ピーボと言います。同行を認めていただいた事にも感謝します」

「ファシリティドッグについては、聞いています。私も興味がありましてね。大変な効果だとか。我が……いや、当病院でも導入を働きかけていきたいと思っているんです」

　我が病院……か。

「先月、ご結婚されたばかりだそうで。相手は、病院長のお孫さんだとか」

鎌倉は顔を顰《しか》め、ハエでも追うような仕草を見せた。

「そういう話はよしましょう。この後、会議がありましてね。ご用件をうかがいたい」

「深見敏也という青年について、おききしたい事がありまして」

「深見？」

　表情に不審な点、わざとらしい点はない。

「さあ、すぐには思い至らないが、患者さんか誰かでしょうか」

「三年前に亡くなっているんです。自宅のベランダから転落して」

「転落？　それは……事故で？」

「自殺と処理されています」

「それは何とも痛ましい事だが、私に何か関係が？」

「実は、新たな目撃証言が出てきましてね。再捜査をする事になったんです。殺人事件として」

鎌倉の白い頬がピクリと動く。表情に乏しい男が見せた、微かな感情の変化だった。

「話が見えないのだが、事件の再捜査と私に、何の関係が？」

「この写真を見ていただきたい」

笠門はテーブルにプリントアウトした坂路の写真を置く。

「説明の必要はありませんな」

鎌倉はそれを手に取ろうともせず、足を組み、一瞥した。

「当病院にとっては、汚点の一つだ」

「写真にうつっている坂路徹氏は、当時、あなたのライバルと目されていたと聞きました」

鎌倉の目が笠門に据えられる。

「あなたは警察官なんでしょう？」

「ええ」

「だったら、ゴシップ記事を鵜呑みにした、下衆《げす》な質問は止める事です」

「では、そんな事実はなかったと？」

「記事が出た事は事実だが、それが真実とは限らない」

「坂路氏の薬物使用については？」

「勤務医は激務だ。部署にもよるが、休日出勤は当たり前、残業も酷い。それに加え、研究、論文の執筆も求められる。野心ある者が、薬の力を借りてでも、おのれの選んだ道にすがりつこうとした。哀れみしか覚えんね」

坂路の写真をだした途端、口が回るようになった。いい兆候だ。

「あなたは違うと？」

「もちろん。彼のような男と一緒にしないで貰いたい」

「しかし、きいたところでは、当時、坂路さんの方が、あなたより教授ポストに近いと言われていたとか」

「噂ですよ。それはそうと、あなたは一体、何をしにいらしたのです？　さっきから、話題は坂路の事ばかりだ。彼についてなら、ほかにいくらでも詳しい者はいる。事務に言って人選させましょう。私はこの辺で……」

　鎌倉が立ち上がる動きに合わせ、ピーボもさっと顔を上げる。

「この写真を撮り、各所に送ったのはあなただ。そういう噂もありますね」

「さっきから言っている。噂は、噂だ」

「しかし、坂路氏の失脚によりあなたが利益を得たのも確かだ。動機にはなりますな」

　鎌倉は明らかに苛立っていた。冷静を装ってはいるが、頬がわずかに赤く染まり、本人は気づいていないだろうが、結婚指輪を右手で弄っている。

「実を言いますとね」

　笠門は写真を手に取り、立ったままの鎌倉に示した。

「この写真がどこから撮られたものかを、検証したんですよ。坂路氏がいるのは、彼が定宿としていたホテルサンガーニ。二十五階の角部屋は実質、彼のための部屋だった」

　鎌倉はわざと大きくため息をつきながら、腰を下ろした。そのまま出て行く事もできただろうに。

「ホテルの向かいに、古いオフィスビルがあるんです。『ビッグアイ』というんですが、そこの屋上に上がると、二十五階の部屋が一望できる。この写真は間違いなく、『ビッグアイ』の屋上から撮られたものだ。カーテンをしっかりと閉めなかったのは、坂路氏の落ち度でした。ただ、当時の従業員にしつこく質してみたところ、当該部屋のカーテンは閉まりが悪く、修理が予定されていたとか」

「カーテンがどうしたって？　もう少し要点をしぼって話してくれないか」

「これは失礼。実を言うと、普段、話し相手はこいつだけでしてね」

ピーボの頭を軽くなでる。

「たまに人と会うと、あれこれ喋りたくなってしまって」

鎌倉は人差し指をピシリと笠門に突きつけた。

「要点をしぼれと言っている」

「判りました。えっと、写真の撮影者は昼間にビルを訪れ、施錠されていない屋上に入る。そのまま屋上にある機器の陰に隠れた。午後五時に屋上の出入口は施錠されますが、警備員は侵入者には気づかなかった。そのまま夜間を待ち、深夜、坂路氏の撮影に成功。再び朝を待ち、施錠が解除された後、正面から何食わぬ顔で出て行ったのです」

「そんな事を私に聞かせて何になる。ビルの警備会社にこそ、言ってしかるべきだろう」

「ビルは昨年から、警備を強化したそうです。恐らく、この写真がどこで撮影されたか、判っていたからではないかと。当時、評判になりましたからね」

鎌倉は口を開きかけたが、ふいに思い直したらしく、しばし無言のまま笠門がテーブルに置き直した写真に目を落とした。

「君の目的は何だ？」

彼の声は、低く穏やかなものに戻っていた。

「君は先ほど、深見某とかいう男の名前をだした。しかし、相変わらず、坂路の事ばかり話している」

自身の発言を無視され、鎌倉は露骨に表情を歪めた。こうしたぞんざいな扱いに慣れていないのだろう。笠門は続けた。

「この写真で一つ、妙な点がありましてね」

「坂路氏は、自宅以外で薬物を使用したのは、あの夜、ただ一度だけだったと、取調べで言っている。なぜ、あの日に限って、ホテルに行ったのか。それともう一つ」

笠門はテーブルの写真に手をそえる。

「坂路氏が勤務を終え、病院を出たのは午後九時過ぎ。売人との薬物受け渡しはその当日、病院の駐車場で行ったらしい。なかなか大胆な事をするよな」

笠門の口調の変化に、鎌倉は不快げな表情をみせたが、あえて咎め立てはしてこなかった。

「その件でも、病院は大変なイメージダウンを被った。今は警備を強化し、不審者の出入りは厳しくチェックしている」

「問題はそこじゃないんだ。この写真を撮った人物は、なぜ、坂路がホテルに来ると判っていたんだと思う？　『ビッグアイ』の屋上出入口は午後五時に施錠される。坂路が病院を出る四時間も前に、撮影者はなぜ彼の行動を予想できたのか」

「写真を撮ったのはスクープを狙う記者か何かだろう。辛抱強く、何日も待ったんじゃないか」

「しかし、坂路は自宅以外で一度も薬物使用をしていないと言ってるんだ。ならば、自宅付近に張りこんでチャンスを待った方がスクープを得られる可能性は高い」

「そんな事、私は知らん。そもそも、この写真を撮ったのは、私ではない」

「いや、あんただ。あんたが撮ったんだ。ライバルを蹴落とし、自身がのし上がるためにだ。そしてそのために、何の罪もない人間一人を殺して」

「な、何だと？　人を殺して⁉」

「あんたは、深見敏也を殺した。自殺に見せかけ、ベランダから突き落とした」

「何を言ってるんだ！　私はその深見という男と会った事もない」

「あんたと深見の間には何の繋がりもないだろう。標的である坂路のマンションを張り込んでいたとき、初めて深見の存在に気づいた。彼の履歴を調べる事はさほど難しくはなかっただろう。あんたは彼を最大限、利用する計画を思いついたんだ」

「話にならん。帰れ！　いま、警備員を呼ぶ。この件は断固抗議して……」

「あの日あんたは、四時前に『アブソーバ』を訪れた。正面のオートロックを突破するのは簡単だ。住人が中に入るとき、自身も住人のふりをして入ればいいだけだ。外廊下で待ち伏せ、散歩から帰宅した深見を襲い、ベランダから突き落とした。そしてそこからすぐに、『ビッグアイ』に行ったんだ」

　鎌倉はおし黙った。

「坂路はご自慢の愛車で午後九時半に帰宅する。ところが、自宅前には警察がいる。さらに、遺体があった場所は、愛車を止める駐車スペースの前。まだ現場検証が行われていて、その夜はそこに駐車する事はできなかった。坂路は逃げるようにしてその場を離れただろう。何しろ、彼は薬物を所持していたのだから。どこかに車を止め、検証が終わるのを待つ事もできたが、愛車のフェラーリを警備もぞんざいなコインパーキングなどには置いておきたくなかった。そしてさらに、薬物への欲求もあった。それらを考え合わせると、坂路が定宿としているホテルサンガーニに向かう可能性はかなり高い。あんたは、深見を殺す事で、坂路をホテルにおびきだした。そして、首尾良く決定的な写真を撮った。カーテンが閉まらなかったのは、従業員か誰かに金を掴ませて細工させたんじゃないのか」

「デタラメだ！」

　鎌倉は額に玉の汗を浮かべ、肩を大きく上下させていた。

「勝手な推理ばかりを並べ立てて……そう、おまえが言ったのは推理ばかりだ。証拠は何もない」

「そうくると思って、用意しておいたんだ」

　笠門はバッグから証拠品を入れるビニール袋をだす。中には大小、様々な鍵が入っていた。

「深見を殺害した犯人は、彼を突き落とした後、部屋の鍵を持ち、玄関を施錠した。そして一階に下り、集まってきた人々に紛れた。そのとき、遺体の傍に鍵を投げたんだ。犯人が触れているわけだから、無論、手袋はしていただろうが、それでも明確な証拠が残っている」

　笠門は証拠品袋を、鎌倉の前に叩きつけた。

「さあ……」

そのとき、ピーボがくんと鼻を鳴らし、笠門を見た。

「どうした、ピーボ。腹でも減ったのか？」

ピーボはスタスタと部屋の隅へと歩いて行く。

「ピーボ」

笠門は後を追う。

鎌倉の声は上ずっていた。

「こんな時に、犬にかまっている暇はないだろう。その証拠というのは、何だ？」

「その袋の中にある鍵だ。よく見れば、あんたにも判る」

笠門は壁際のピーボに向き合い、鎌倉に対し背を向けた。しゃがみこみ、ピーボと目線を合わせ、囁いた。

「もう少し、このままだ。アクションを起こすタイミングはばっちりだった」

「おい！」

鎌倉の声が響く。

「この鍵がどう証拠になるって言うんだ？」

振り返った笠門に向かって、鎌倉が鍵を掲げている。アブソーバ六階、深見敏也の部屋の鍵だった。銀色のプレートがゆらゆらと揺れている。

「さあ、説明してもらおうか！」

笠門は笑う。

「あんた、それがどうして深見氏の部屋の鍵だと判ったんだ？」

「え？」

「袋の中には、鍵がたくさん入ってる。その中から、あんたはそれを取りだした。なぜ、その鍵だと？」

「そ、それは……」

「あんた、深見の事なんか知らないんだよな。当然、自宅に行った事もない。それなのに、どうして、鍵が判る？」

鎌倉は鍵を取り落とした。

「深見殺害後、あんたはその鍵を持ち、自身で施錠した。だから、覚えていたんだろう？」

笠門は床の鍵を拾い上げる。

「キーホルダーとして使っていた、銀色のプレート。こいつで覚えていたんだろう？」

鎌倉は駄々っ子のように首を左右に振るだけだった。笠門は鍵を掲げ、言う。

「今はこれだけだが、これから徹底した洗い直しの捜査が始まる。早晩、さらに決定的な証拠が出てくるだろう。その前にさっさと自白した方が身のためだと思う」

鎌倉の目からは、当初の鋭さが消えていた。

「一つ教えてくれ。おまえが写真を撮ったのは三年前。だが実際にばらまいたのは、その一年後だ。なぜ、一年待った？　人を殺してまでして撮った写真だぞ」

「使わずに済むのなら、それでよかった。薬を続けていれば、坂路はいずれ自滅する。それを待つ手もあったんだ。だが、ヤツは薬物と手を切ったんだ。それで……」

笠門の体を激情が駆け抜けた。視界が狭まり、怯えた顔の鎌倉以外、見えなくなった。

身勝手な欲望のために、たった写真一枚のために、深見は殺された。周囲から理解されず、孤立していても、懸命に生きようとしていた彼が……。

握りしめた拳に、冷たいものが当たった。ピーボだった。ピーボの鼻が拳に押し当てられている。吠えたり、噛んだりは決してしないピーボが懸命に訴えかけていた。

ダメだ——と。

「ピーボ」

笠門は深呼吸を繰り返し、握りしめていた拳を開いた。

ポケットの携帯が震えた。五十嵐いずみからのメッセージだった。

笠門はうなだれたままの鎌倉に言う。

「坂路徹が見つかった。彼は生きている。医師の道がたたれた後、再び薬物に手をだし、今は福岡の療養施設にいるそうだ。かなり重篤で意識も混濁しているらしいがな」

ドアが開き、廊下で待機していた警官二名が入ってきた。魂が抜けたような鎌倉を、連行していく。

笠門はしゃがんでピーボと目を合わせた。

「警察病院に移送の手続きをしたらしい。ピーボ、彼に力を貸してやろう。どうだ？」

ピーボはふわりと顔を上げる。その動きには、しっかりとした意志があった。

第三話　犬が寄り添う

一

奥村《おくむら》凜《りん》の肩は小刻みに震えていた。布団に顔を埋め、病室のベッドで泣いている九歳の少女を、周りの大人たちが困り顔で見下ろしている。

凜の手を握っている母親にも、もうかける言葉がないようだった。強く握られた手から、二人の看護師は目をそらしている。

凜はピーボが病室に入ってきたのも、気がつかない様子だった。母親がそっと耳打ちをすると、彼女の顔が勢いよく上がった。目は潤み、頬に涙の跡が幾筋もついているが、その顔には笑みが浮かんでいた。

「ピーボ！」

両足を固定されている彼女は、その場から動く事ができない。ピーボはベッド下まで行くと、深い褐色の瞳で凜を見上げる。凜は懸命に腕をのばし、ピーボの頭にちょこんと触れた。

それを合図に、看護師二人は静かに部屋を出て行く。

ピーボのリードを握るハンドラーの笠門は、ベッド脇に来客用の椅子を置く。ピーボはその上にヒョイと飛び乗り、凜との距離を縮めた。凜は「会いたかった」とつぶやきながら、ピーボの大きな耳に優しく頬を寄せた。

母親が深刻そうな面持ちで笠門のもとへとやって来た。

少し話がしたい。娘にきかれないところで。

表情を読み取り、笠門もそっとその場を離れる。ピーボに夢中の凜は、気がつきもしない。

廊下に出ると、母親は大きくため息をつき、手を額に当てて俯いた。

行き交う看護師たちは、二人の様子を目に留めながらも、気づかないふりをして通り過ぎる。笠門に任せた、という合図だ。

母親が口を開くのを辛抱強く待つ。

「手術、嫌だって言うんです」

しぼりだすように、母親は言った。

凜の状況については、笠門も詳しく聞いていた。

彼女は半年前に交通事故に遭った。母親と乗っていたタクシーに大型トラックが衝突。運転手、母親は軽傷だったが、凜だけが大腿骨骨折という大けがを負った。

救急車で警察病院へと運ばれ、治療が行われた。神経等への影響はなく、時間をかければ歩行等に障害は残らない。ただ、複数回の手術、長期のリハビリと、九歳の少女にとって回復への道は決して平坦とは言い難かった。

二ヶ月前に最初の手術を行い、経過は順調。しかしその際、麻酔の影響か、酷い悪夢を見たらしく、手術に対し強い恐怖感を抱くようになったと看護師からは聞いていた。また、事故のショックからも完全に立ち直っておらず、肉体的、精神的にも、まだまだ予断を許さない状況にあるとも。

笠門の前に立つ母親の顔には、暗く深い陰が刻まれていた。肌は乾いており、目も落ちくぼんでいる。髪に白髪が目立つようにもなっていた。

母親の目から涙が溢れだす。

「どうして私が軽くすんで、娘がこんな目に遭うのかしら。あのとき、私が後で乗っていたら……」

トラックはタクシーの左側から衝突していた。後部シートの左側に座っていた凛が潰れた車体に挟まれ、大きなダメージを負った。一方、右側の母親は紙一重の差でほぼ無傷だった。

その事が、母親をさらに苦しめている。

「あなたのせいではない」と声をかけるのは簡単だが、それで解決できるわけではない。不用意な一言が、かえって彼女の心を傷つける事だってある。

笠門は彼女の話に、ただうなずいていた。

主治医でもない笠門をわざわざ呼びだしたのには、訳があるはずだ。それを彼女が口にするまで、笠門にできるのは、ただ待つ事だけだった。

看護師長の畠中が、ナースステーションからこちらをうかがっている。いざと言うときは、助け船をだす心づもりなのだろう。

「手術が嫌だって……」

　母親が先の言葉を繰り返した。

「もう私、どうしたらいいか……」

　いよいよ限界かもしれない。畠中を呼ぼうとした時、母親は叫ぶように言った。

「ピーボがいれば、違うと思うんです！」

　ステーションを出ようとする畠中を身振りで止め、笠門はきいた。

「ピーボに何を望まれます？」

「娘はピーボといるときだけ、笑うんです。この間なんて、ピーボを抱いたまま寝てしまって。あんな安らかな顔、久しぶりに見ました」

　凛が完全に寝入るまで、ピーボは彼女の重さを嫌がるでなく、ただじっと支え続けていた。その日の夕食を彼女は完食したともきいている。普段は、半分くらいしか食べないらしい。

　母親は笠門にすがりつくようにして、懇願した。

「手術当日、娘に付き添っていただけませんか。ピーボがいれば、娘も手術を受けると思うんです」

「さすがに手術室に入る事はできません」

「じゃあ、麻酔で眠るまで」

「それは……」

「お願いします。私では、私ではもう……」

畠中が小走りでやって来た。母親の体をそっと支え、ナースステーション内の椅子に座らせる。彼女を担当の看護師に任せると、畠中は一人、笠門のもとに戻ってきた。

「凜ちゃん、朝からずっと手術は嫌だって、泣いてたのよ。お母さんにとって、ピーボは救世主に見えたでしょうね」

「手術はいつなんだ？」

「明後日の午後」

「母親の希望、かなえられないのか？」

「こちらの一存では無理よ。主治医や上の意見も聞かないと」

「病室から手術室までの付き添いならどうだ？　手術室のドアの前までだ。それなら、これまでに事例があるはずだ」

「判った、交渉してみる」

そう言いながら、畠中は素早く時計に目を走らせた。

「今日はあの日なんでしょ？　時間は大丈夫なの？」

笠門は病室をのぞいた。凜はピーボに頬ずりをしている。涙の跡は乾きつつあった。

「待たせるさ。彼女の気が済むまで、ここにいる」

「本日の巡回は、七〇八号室。巡回対象者は郷《ごう》民《み》宗義《むねよし》、男性、五十二歳」

女性警察官の浜尾がファイルを読み上げ、敬礼をする。笠門はピーボと共に、七階特別病棟に入った。

他と違い常に緊張感に包まれている病棟だが、今日は看護師長の柴田も含め、病棟全体の雰囲気が穏やかだった。

今日現在の入院患者は三名だけで、うち二人は意識が混濁した七十代の女性、松添《まつぞえ》加世子《かよこ》と腰の粉砕骨折で身動きもままならない六十代男性、田中《たなか》三郎《さぶろう》だ。

残る一人、郷民もまた腹部への外傷で現在、絶対安静とされ、ベッドに寝たきりの状態であった。

病棟の廊下で警備に当たる警官の態度にも、いつもの険がない。笠門に対し、自ら敬礼を示してくれた。

笠門はピーボの首輪を外し、マイクが仕込まれたものと交換する。

「少し荒っぽい男らしいが、注意していこうな」

笠門はピーボに語りかける。

郷民は若くして指定暴力団の構成員となり、裏社会を生き抜いてきた猛者である。組解散後も人脈を活かして飲食店の経営や貸金業を仕切り、相当に羽振りも良かったと聞く。一方ですぐに手の出る暴力的な性格で、しかも冷酷非情。各方面から多くの恨みを買ってもいた。結局、タレコミによって郷民が振り込め詐欺グループの元締めであると発覚し、三年前に逮捕。懲役刑に服していたが、先週、刑務所内で作業中に喧嘩をし、工具で腹部を複数回刺された。緊急手術で命は取り留めたが、重症で今も予断を許さない状況が続いている。

笠門のもとに上司の須脇から連絡があったのは、先週の事だ。

足を洗ったとはいえ、郷民はいまだ暴力団組織の金の流れや、半グレグループのメンバーの名前など、多くの情報を把握している。現在、術後の経過があまり良くなく、精神的にも追い詰められているはずだ。ピーボを使って、秘匿している情報を少しでも明らかにできないか——。

郷民のような根っからの悪党が、犬に心を許すとは思えなかったが、警視庁総務課資料編纂室の五十嵐いずみの情報によれば、彼は犬好きであり、羽振りの良かった頃はドーベルマンを二頭、飼っていたという。

ドーベルマンとファシリティドッグを一緒にしないでもらいたい。笠門は須脇に抗議したが、聞き入れられる事はなかった。

果たして、ピーボを近づけて大丈夫なのだろうか。入院患者が少ないせいで、病棟全体の緊張感が薄れている事も気になる。

いつも以上の危機感を持ちつつ、笠門はピーボと共に、七〇八号の前に立つ。扉は開いたままだ。セキュリティ面を考え、特別病棟では、常に病室のドアは開けたままになっている。

呼吸を整え中に入った。

郷民は痛み止めを処方したばかりらしく、意識朦朧としているようだった。黄色く淀んだ目をピーボに向けたが、それが何であるかも判らない様子だ。ピーボはそれでもしばらくその場に留まり、じっと郷民と目を合わせていた。

五分ほどして、ふいに郷民の目に光が宿った。ピーボを認識したようだ。かすかに眉を上げ、管が刺さった腕を弱々しく伸ばし、近くに来るよう手招きをした。

犬好きである事は事実のようだ。

「わん公をこっちによこせ」

掠れ声を上げ、笠門に訴えかけてくる。こんな状況下にあっても、顔には思い通りにならない苛立ちが見て取れた。

ベッド脇に椅子を置き、ピーボを座らせる。今回ばかりは、彼を置いて外に出る気にはなれなかった。戸口で腕を組み、郷民の様子をうかがう。

笠門に見せた苛立ちとは対照的に、ピーボには明るい笑顔で接している。管に繋がれた腕の動きはたどたどしく、時おり毛に指がからまったりするが、ピーボはじっと大人しくしている。

「おまえ、いい面構えだな」

郷民は愛おしそうにピーボを見る。

笠門は廊下の壁にかかる時計を見た。郷民は体こそ弱っているが、意識ははっきりしていて気力もある。痛みに負けてピーボに何かを漏らす可能性は皆無と言って良かった。

今回は須脇の勇み足だったようだ。

三十分が経過すると同時に、笠門はピーボを呼び寄せた。郷民はあからさまに不満の意を示し、笠門に向かって「わん公を戻せ」と抗議をした。

笠門は無視し、ピーボを外に連れだす。

ピーボは疲れた様子も見せず、ゆっくりとした足取りでナースステーションへと向かっていった。

今日のトリミングにはじっくり時間をかけてやらないとな。

笠門は帰宅してからの段取りを頭の中で立て始めていた。

二

凜の手術当日。小児科病棟に入ったピーボが、「あれ？」と顔を上げる。凜の手術を控え、病棟にもごくわずかな緊張感が漂っていたのかもしれない。微かな空気の違いを、ピーボは敏感に感じ取ったようだった。

「大丈夫だ、ピーボ」

笠門が笑顔でうなずくと、いったん立ち止まっていたピーボが歩き始める。

「ピーボだ！」

遊戯スペースの周りでは、さっそく子供たちの歓声が響く。皆、ピーボを待っていたのだ。

ピーボは既に仕事モードに入っている。

「ピーボ、ＳＩＴ！」

笠門の指示でピーボは座る。遊戯スペースの真ん中に座るピーボを、三人の子供たちが興味津々といった様子で見つめていた。彼ら三人の病状については、既にデータを貰っている。

ここからは、ピーボの領分だった。ピーボに近づいてきた子供たちは、それぞれ尻尾や頭にそっと触れる。やがてピーボは少しずつ体勢を崩し、床に伏せた。ふさふさの尻尾に、一人の女の子が手を伸ばし、なでた。

明るい笑い声が響いた。

畠中が横にきて、囁いた。

「凜ちゃんの事、よろしく」

「彼女の様子は？」

「かなりナーバスになってる。お母さんとも、あまり口をきかない」

「何時に来ればいい？」

「午後二時かな。多少、前後すると思うから、そのときは報せる」

「病院内で待機しているから、いつでも」

「よろしく」

病室から手術室の前まで、凜にピーボが付き添う。その件にＯＫが出た。会議の席上、反対を唱える者はいなかったらしい。

「ここが一段落したら、彼女の病室も回ってみる」

「こんな事、言ってはいけないのかもしれないけれど、正直、いまはピーボだけが頼り……」

そう言いながら、彼女は顔を顰める。

「何だかちょっと臭うわね」

「判るかい？　朝一番で別件に駆りだされてさ。多頭飼育の崩壊現場だ。犬二十頭が犬舎に取り残されていた。所有者が病気で世話ができなくなったらしく、もう酷いものだった」

「警察ってそんな事までやるの？」

「総務部総務課の仕事はちょっと変わっていてね。頼まれれば何でもやるのさ」

笠門は制服袖の臭いを嗅ぐ。異臭は感じないが、敏感な畠中の鼻は誤魔化せない。

看護師長は言う。

「ピーボの事も少しは考えてあげたら？　ハンドラーに他の獣の臭いがついているのは、決して愉快じゃないでしょう」

「ああ。念入りにシャワーを浴びてきたんだけどな」

「ピーボはすべて判っていて、大人しく従ってくれている。私たちには、過ぎた犬ね」

　さすがだ、ピーボ。

　心の内で笠門は誇らしい気持ちになる。

　警察官として、人間として、どん底にいた笠門を立ち直らせてくれたのは、ピーボだ。

　恩人、いや恩犬か。

「それじゃあ、三十分後に病室の巡回を……」

「看護師長！」

　ナースステーションから畠中を呼ぶ声があった。

「ちょっと待って」

　そう言い置いた彼女の顔は、心なし強ばっていた。

　電話で手短に話をした彼女は、やはり固い表情のまま、戻ってきた。

「緊急事態よ。ピーボとの面会はここで中止」

　訪問を始めて一年と少し。患者との面会が途中で中止されたのは、初めての事だった。

「何なんだ、いったい？」

「よく判らない。捜査一課から刑事が派遣されてくるってだけ」

「何なんだ、そんな急に……」

「ここは俺の方から説明する」

エレベーターホールから、背の高い男がやって来た。

「久しぶりだな、笠門巡査部長」

捜査一課の浦幕誠《うらまくまこと》警部補。二年前、笠門を糾弾し、鑑識課から追いだした男だった。


発端は行方不明老人の捜索依頼だった。西多摩郡東奥多摩町桑座地区に住む七十歳になる男性の姿が見えなくなっているという。最後に目撃されてから、既に十七時間近くがたっていた。東奥多摩町桑座地区は、いわゆる限界集落と呼ばれる地域で、集落の人口は十九人。全員が六十代以上であった。

行方が判らなくなっている男性には認知症の症状があり、近所の住人が助け合いながら、面倒を見ていた。妻とは死別、二人の子供も集落を離れ、地方で暮らしているという。

季節は九月。晩夏とはいえ、朝晩の山は冷える。天候の崩れも予想されていたため、捜索には迅速性が求められた。本庁鑑識課の笠門とパートナーである警察犬モリオウ号に出動命令が出たのは、通報から二時間後だった。

現場に到着した笠門とモリオウは、捜索隊と共に山中に入り、追跡を始めた。モリオウとパートナーを組んで三年。彼の事は誰よりもよく判っていた。

現場に着くなり、モリオウは強く反応した。すぐに、前もって記憶した男性の臭跡を追い始める。

このとき、情報の伝達がもう少し早く行われていたら。初動の警察官が、集落の異変に気づいていてくれたなら。

思い返しても詮無い事ではあるが、やはり、恨み言の一つも言いたくなる。

「あの件に関しては、不幸な行き違いもあった」

目の前に座る浦幕は、こちらの葛藤を見透かした上で、平然と言い放った。

七階特別病棟の面会室で、笠門はこの世でもっとも会いたくない男と膝をつき合わせていた。

部屋の隅にはピーボがいるが、今回ばかりは感情をコントロールする事ができない。こちらの不安はピーボに伝わり、今度はピーボの不安となって自分に返ってくる。

しかし一度走り始めた感情は、もう止めようがなくなっていた。

「あの日、俺とモリオウは、行方不明者を捜す事に必死だった。聞いていた情報は、認知症の疑いのある七十歳男性だ。その対象者が、まさか住人の男女四人を切り刻み、その凶器を持ったまま山中を彷徨っているとは、想像もつかなかった」

「しかし、それは……」

「その情報を聞いていれば、単独先行する事もなかったし、不用意に対象に近づく事もなかったんだ」

「情報確認の遅れは認める。だがそれは、初動のミスだ。我々がその情報を知ったとき、すでにおまえたちは捜索に入っていた」

「ならばなぜ、すべての責任を俺に押しつけた？　被疑者が死に、モリオウが死んだ責任を？」

浦幕は顔を顰める。二年前とその表情は変わっていない。気に入らない事があると、この男が必ずする顔だった。

「誰かが責任を取らねばならなかったんだ。それに、おまえの現場判断のミスは確かだ」

両拳に力がこもった。あの一件以来、怒りのコントロールが難しくなっている。カウンセリングを受け、ピーボという支えができ、何とか自身で律するまでになっていたのだが……。

いつのまにか、ピーボが横にいた。褐色の目で、こちらを見上げている。訴えかける光に、笠門の怒りは静まっていく。

あの日、足早に進むモリオウに合わせて、笠門は捜索隊の本体から外れ、山中を駆け上っていた。

太い木の根元に、男の姿を見つけたのは、モリオウが特徴的な声で吠えたからだ。

笠門は一定の警戒をしつつも、男に近づき、声をかけた。男がナタを振りかざして襲いかかってきたのは、その直後だった。

それからの出来事は、今でもはっきりと思いだせない。一撃をかろうじて防いだものの、両腕にかなり深い切り傷を負った事、男を取り押さえようとしたが果たせず、馬乗りになられた事、振り上げられた血染めのナタが鈍く光っていた事、モリオウが男に飛びかかっていった事。

「独断専行は責められても仕方がない。しかし……」

手の甲に、ピーボの体温を感じる。モリオウも、温かかった。

笠門は浦幕に投げつけるべき言葉を、すべて呑みこんだ。

浦幕たちは、捜査上の責任をすべて笠門に押しつけた。初動の不備、情報伝達の遅れ。病院で笠門が目をさましたときは、すべてが終わっていた。

モリオウの遺体は、笠門が気を失って倒れていた場所から十メートルほどのところで見つかったという。ナタで切られ、全身血だらけの写真を、後で見た。殺人犯である男はそこからさらに先の崖から転落、即死していた。モリオウの攻撃を振り払ったものの、そのまま逃げようとして転落したらしい。

結果として、モリオウは笠門の命を救ってくれた。自分の命を犠牲にして。

笠門はピーボの頭をなでると、微笑んでみせた。ピーボにウソは通用しない。彼はなおもじっと笠門を見上げ続ける。

「大丈夫だ、ピーボ。大丈夫」

ようやく、彼は頭を下げた。

笠門はあらためて浦幕に目を戻す。

「昔話をしている場合じゃなかったよな。緊急の用件なんだろう?」

「ああ」

うなずきながらも、浦幕の態度は煮え切らない。

今さら、因縁のある男と話などしたくはないという思い。それに加え、彼は笠門の能力に対し疑問を抱き続けている。

どんな用件であれ、笠門になど任せてはおけない。そう顔に書いてあった。

浦幕はノンキャリアではあるが、上昇志向が人一倍強く、貪欲に手柄をたて捜査一課に食いこんだ男だ。友人と呼べる者は存在せず、また部下、同僚からの評判もすこぶる悪かった。一方で、きっちりと手柄だけはたててくるので、上司受けは良い。

奥多摩の事件の際も、笠門を捨て駒にする方策を最初に唱えたのは、浦幕だとの噂もあった。

笠門は言った。

「できれば少し待ってもらえないか。まだ大事な任務が終わっていない」

「犬を使って子供を慰める。そんなのは、警察官のやる事じゃない」

「おまえのようなヤツには、一生理解できん仕事さ」

「理解したくもないね。まず言っておくが、俺はこの件におまえを関わらせる事には反対だ」

思った通りだろ？　笠門はピーボに笑いかける。ピーボがうなずいたように見えたのは、気のせいか。

「おまえのお気持ちなんか関係ない。さっさと用件を言え」

クスンとピーボが鼻を鳴らす。そうか、ちょっと言いすぎだったか？　でも、俺はちょっと気分がいいんだ。

クスン。

判った、もう止めるよ。

気色ばんだ浦幕は、気を落ち着かせるためか、口を真一文字にして膝に載せた拳を睨んでいた。

遠くから救急車のサイレンが聞こえてきた。その音に、彼の両肩がかすかに震える。

「まもなく、一人の急患が運ばれてくる。名前は鴫山和子《しぎやまかずこ》、四十五歳。右脇腹及び両手に刺し傷、重傷だ」

「ここには救急病棟もある。急患は珍しくない」

浦幕は言葉を切り、情報を整理しているようだった。込み入った案件だと察せられ、笠門の気分は更に重くなる。

浦幕は言った。

「鳴山はここ特別病棟に運ばれる。彼女は強力な爆弾を所持していた疑いがある。爆弾の在処は今もって不明だ。おまえに、いや、おまえとピーボに、その場所を吐かせてもらいたいんだ」

三

「一番手前の七〇一号室に入れろと言ったはずだ」

浦幕が特別病棟の看護師長、柴田に食ってかかっていた。

「無理です。七〇一号に入院中の患者さんは、認知症で徘徊の危険もあります。常に監視が必要なので、ナースステーションに一番近い部屋で治療を行っています」

そんな事情を斟酌できる浦幕ではない。彼はなおも、居丈高に詰め寄っていた。

「近いって、部屋を移したとしても、ほんの数メートルの違いだろう」

「症状によって部屋の割り振りは決めます。それがこの病棟のルールです」

「あんた、誰に物を言ってるか判ってるのか!?」

「それはこちらのセリフです。ここは病院です。警官だろうが政治家だろうが、ここでは我々の指示に従ってもらいます。仕事の邪魔なんで、向こうで待っていてもらえます?」

柴田は、ナースセンター前のベンチを示して言った。彼女の後ろでは、同じ想いを持った看護師たちが、仕事の手を止め浦幕を見つめている。

見えない壁に押し返されたように、彼は憤然とエレベーターホールに通じるドアの向こうへと去って行った。上司に報告し指示をあおぐためだろう。

柴田は笠門に「行って」と目で合図を送ってきた。笠門に手を貸してくれたわけではない。彼女はただ、自分の仕事を果たしただけなのだ。

「ピーボ、行こうか」

リードを握ると、彼はすぐに歩き始めた。首輪は既にマイク付きのものになっている。

急患が運びこまれたのは、七〇五号。向かいの七〇六号には、腰骨を粉砕骨折した田中三郎が入っている。投資詐欺で服役しているこの男は、丸々と太っており、顔付きにも愛嬌がある。骨折の原因は刑務所内の廊下での転倒。事件性はなく、あくまで個人の不注意による事故だった。彼がここに収容されているのは、詐欺グループに関わった者たちの氏名の証言を頑なに拒んでいるからだった。骨折での入院をチャンスと捉え、須脇は特別病棟に収容、折を見てピーボを訪問させようと考えているらしい。

部屋をちらりとのぞくと、田中はベッドに寝たまま、懸命にこちらへと首を向けていた。ピーボの姿を見て、何か言いたそうに口がムズムズと動いていたが、私語は禁じられている。

笠門はピーボと並び、鴫山がいる七〇五号の前に立つ。

普段とは違う緊張があった。

通常、患者のデータはカルテも含めすべて精査する。ピーボの安全を担保するうえでも、絶対に必要な調査だった。

今回はそれに時間を割いている余裕がなかった。言うなれば、ぶっつけ本番に近い。ピーボにとっても初めての経験であり、強いストレスとなる恐れも含んでいる。

ベッドに横たわる女は、酷く憔悴していた。顔は青白く、目の下にはくっきりと黒い隈が見える。髪は後ろで縛られ、ところどころに白いものが交じっていた。

脇腹と両手に刺し傷があるとの事だが、共に掛け布団の下に隠れ、状況は見て取れない。ベッドの脇には、脈拍などを表示するモニターと、点滴用のスタンドが一つ。黄色い液体の入ったパックが、女の腕に繋がっている。

目を閉じていた女が、気配を感じたのか、まぶたを上げ、ぎょろりと大きな目をこちらに向ける。

瞳には強い意志の力がこめられており、怪我あるいは麻酔等による意識の混濁は見られない。

笠門はあえて、ピーボを廊下に残し、女の視界の外に置いた。

女は不審げに笠門を睨み、やがて掠れた声で言った。

「誰だ、あんた？　医者には見えないけど」

「警察だ。話を聞きたい」

「刑事にも見えないけど」

女の言葉を無視し、笠門は言った。

「名前は？」

「もう、知ってるだろう？」

「悪いが、あなたの口から直接聞きたい」

女は唇の端を歪め、「けっ」と吐き捨てたが、傷が痛みだしたらしく、さらに顔を歪めた。

応急処置しかしていないようだ。

まさか、尋問のために治療を後回しに？　苦痛が酷い方が、ピーボによる癒やしの効果が上がる。そう考えている者がいるのかもしれない。

到底、許される事ではない。医療を、人の命を、ファシリティドッグを、何だと思っているのか。

「傷、痛むのか」

笠門の問いに、女はうなずいた。

「では、早く済ませよう。そうすれば、ちゃんと、治療を受けられる。名前と年齢は？」

恨みがましい目付きは変わらなかったが、やはり傷の痛さには勝てないようで、か細い声が口から洩れた。

「鳴山和子。四十五歳」

笠門は大きく息を吸いこむと、覚悟を決めて尋ねた。

「爆弾は、どこにある？」

大きな目が、何かを探すように落ち着きなく動く。

笠門は資料編纂室の五十嵐いずみから急遽取り寄せた資料のファイルを開く。

「チルソナイト８０８。サイバー犯罪対策課が見つけたサイトだ。ダークウェブ、闇サイトと言われてもピンとこないが、ここでは爆弾に関する情報交換が行われていた。対策課がモニターする中、サイトの参加者の一人で、マッドゴーネを名乗る者が、爆弾の製造販売を行う旨の書きこみをした。警察はマッドゴーネのアジトを突き止め、逮捕。爆弾の大量製造、販売は阻止したが、一件だけ、売約済みを示すデータが残っていた」

笠門は音をたててファイルを閉じた。天井を睨む鳴山の眉がかすかに動く。

「買ったのは、あんただ」

「長々と喋ってくれたけど、何の事だか、判らない」

「警察も無能な者ばかりじゃない。ネット上に残るあんたのデータは丸裸にされている。マッドゴーネのアジトからは大量の硝酸アンモニウムも押収されている。購入量と押収量を比べれば、製造した爆弾も……」

「爆弾、爆弾って、あたしには何の事だか判らない」

「ならどうして、警察から逃げた？」

「いきなり警官に取り囲まれたら、誰だってパニックになる。その辺は記憶が曖昧でね。それより、無実の人間をこんな目に遭わせて……傷が治ったら、訴えてやる。覚悟しておくんだね」

「あんたが警察に囲まれたのは、有楽町の駅前だ。あんたは傍にいた若い女性の首筋に包丁を突きつけ、人質にした。パニックだとか何とか、そんな言い訳は通用しない。女性があんたを突き飛ばし、その隙に警官の一人が飛びかかった。もみ合いになり、凶器の奪い合いの際、両手を深く切り、さらに、警官と階段を転げ落ちて、自分の脇腹を刺した」

「その辺は覚えていないと言ってるだろう」

「なぜ、包丁を持っていた？」

「何となく、そんな気分だったから」

「ふざけるな」

笠門は怒鳴り、ベッドの足を蹴った。衝撃で傷が痛んだとみえ、鳴山はうめき声を上げながら顔を歪めた。

「警察を舐めるんじゃない」

ベッド脇の転落防止用の柵を掴み、鳴山に顔を近づけた。

「痛み止めの量は調整してある。もうすぐ、激痛が始まるぞ」

「そ、そんな事をして、あんたらただで済むと……」

「爆弾はどこだ？」

「何の事か判らない」

笠門はもう一度、ベッドを蹴る。鳴山は悲鳴を上げた。

「少し時間をやる。考えろ」

そう言い捨てると、病室を出た。廊下の隅でピーボが待っていた。褐色の瞳はいつもより潤んでいる。

笠門は床に座りこむと、ピーボの顔をそっと両手で包みこむ。

「今回だけだ、ピーボ。こんな事は、今回だけだ。判ってくれ」

ピーボの表情が心なし緩んだ気がした。病院での仕事が終わり、オンからオフに切り替わった瞬間、ピーボは時々、そんな顔をする。もう甘えてもいい、自分の好きな事をやってもいい。彼はファシリティドッグではなく、普通の犬に戻るのだ。

いまピーボはファシリティドッグとしてではなく、一頭の犬として、笠門に接し、心配してくれていた。

コツンと濡れた冷たい鼻を、笠門の鼻にぶつけてきた。

「ピーボ」

両手をゆっくり離したとき、ピーボの顔はいつものキリリとしたファシリティドッグのものに戻っていた。

「あら、ワンちゃん」

七〇一号の前を通ったとき、中から声が聞こえた。意識が戻ったのか、松添加世子が上体を起こし、幽霊のように手招きをしている。

私語は禁止であるし、指定患者以外とピーボが接触する事も許されていない。素通りしようかと思ったが、なぜかピーボは笠門を引っ張るようにして病室に入っていく。

「まぁまぁ、かわいい」

加世子はピーボの顔を邪気のない笑顔で見つめた。

彼女は八年前、夫と息子を刺殺し、無期懲役を言い渡されている。息子は夫の前妻の子で、直接血の繋がりはないものの、財産目当てに二人を刺殺した。犯行は計画的で、飼い犬を毒殺するなどし、外部からの侵入者の仕業に見せかけようとした。

いま、痩せ細った姿でベッドに座る姿からは、想像もできない凶悪さだ。

そんな彼女が、認知症の診断を機にここへ移送されてきたのは、被害者が所有していた多額の資産が消えていたためだ。加世子の夫は資産家であり、結婚はもともと遺産目当てであったらしい。ところが、義理の息子との不仲を理由に離婚を切りだされ、二人を殺害するに至った。しかし、いざ捜査の手が入ってみると、預金は引きだされ、宝飾類等の行方も判らなくなっていた。それに対し、加世子は何も知らないと供述。結局、今もってそれらは行方不明のままである。

須脇は彼女がどこかに現金等を秘匿していると睨み、ピーボによってその在処を聞きだす機会をうかがっているのだ。

笠門はベッドの脇に立ち、しばらく待ったが彼女はピーボから目を離そうとしない。仕方なく、「また来ますから」と無理矢理、ピーボを連れだした。

加世子はそれに異を唱える事もなく、ニコニコと笑いながら、またベッドに身を横たえた。認知症が進み、もはや自分の犯した罪の記憶すらおぼろげになっているのかもしれない。須脇の目論見がかなう事は、恐らくないだろう。

「何をしている！」

ナースステーションに浦幕の姿があった。自身のプライドを傷つけられ、全身からトゲをはやしているようだ。柴田たちとは目を合わせようともせず、拗ねたような顔で笠門に噛みついてくる。

「余計な事をせず、すぐに戻って来い！」

笠門は首を振りつつ、言った。

「ダメだな。何をきいてもとぼけるだけだ。このままでは攻め手がない。鳴山の背景を含めた情報が欲しいんだが」

浦幕は黙って新たなファイルを押しつけてきた。

「資料編纂室から追加の資料だ。総務部ってのは、いったいどうなってる。妙なヤツばかり出てきやがる」

笠門は浦幕を無視してファイルをめくる。五十嵐いずみの仕事は相変わらず完璧で、多くの情報が過不足無く、コンパクトにまとめられていた。

「元銀行員で、逮捕歴あり……か」

「業務上横領だ。本人いわく、上司にそそのかされてやったとの事だが、どう考えても単独犯だ」

「それは、間違いないのか？」

「ああ。上司の潔白は証明されている。金使いが荒く、消費者金融にも借金があった。取り立てで追い詰められていたんだろう」

「刑務所には？」

「八年。改悛の情なしという事で、求刑通りの重い判決が出た。刑務所内でも常に反抗的で、模範囚にはほど遠く、刑期いっぱい勤めた。出所は一ヶ月前だ」

「身寄りは？」

「親戚が何人かいるが、すべて縁を切られている。出所時の出迎えもなかったそうだ」

「八年服役した人間が、いきなりダークウェブ？」

「ムショ仲間がいたようだ。振り込め詐欺グループの経理を担当していた女で、ネットにも詳しい。鴨山より半月前に出所している。おそらくそいつが、手を貸したんだ」

「女の行方は？」

「掴めていない」

「サタンゴーネが捕まって……」

「マッドゴーネだ」

「マッドゴーネが捕まって、鳴山が確保されるまでの流れが知りたい。鳴山が有楽町にいるとどうして判ったんだ？」

「マッドゴーネこと、鈴木太郎《すずきたろう》が吐いたんだよ」

「鈴木太郎？　それが本名か？」

「四十二歳の地味な男だった。鈴木は鳴山の顔写真を持っていたんだ」

「写真の出所は？」

「爆弾の受け渡しの際、隠し撮りしたらしい。受け渡し自体は、新宿駅のコインロッカーを使ったと証言している。ロッカーの場所と番号を報せ、中にブツを入れておく。そして、それを取りに来た者の写真を撮り、万が一のときの保険にする」

　資料に目を通しつつ、浦幕からも情報を得た笠門だが、何ともすっきりしない気分だった。

「デモンゴーネとか名乗っているが……」

「マッドゴーネだ」

「マッドゴーネとか名乗っているが、こいつが闇で爆弾を捌けるほどの大物とは思えない」

「それについては、同感だ。取調べは続いているが、恐らく爆発物を売ったのは、鳴山だけだろう。思想的にも背景的にも、これといった事実は上がってきていない」

「だが科学知識は本物だ」

「ああ。だから、鳴山に売った爆弾は十分に殺傷力があると考えるべきだろうな」

「その鳴山だが、爆弾を受け取ったのはいつだ？」

「昨日だ」

丸一日あれば、都内だけにとどまらない。日本中、ほとんどの場所に爆弾を仕掛ける事ができる。

　鳴山本人の自供でもなければ、探しようがないか……。

「鳴山が勤めていた銀行。有楽町にその支店があるんじゃあ……」

「そのくらいは調べた。すべての支店で捜索を行っている」

「手応えは？」

「あれば、こんな事はしていない」

「考えられる動機は復讐くらいだ。となると、銀行関係しか考えられん」

「彼女の上司だった男や少しでも関係のある者はリストアップして捜査員を派遣している」

「そこまでやってなぜ、爆弾が出ない？」

「判らんのだ。だから……困っている」

「となると、鳴山の足取りを徹底して追うしかない。出所後、彼女がどこで寝泊まりしていたのか、仕事はしていたのか、爆弾購入資金はどこから出たのか」

「そっちも並行してやっている。だが、人員にも限りはあるし、爆弾の件を公にするわけにもいかん」

　浦幕は壁の時計に目を走らせた。

「とにかく、時間がないんだ。で？　おまえの方はどうなんだ？　犬を使って、何かききだせたのか」

「いきなりピーボを使っても、何も得られないだろう。まずは俺が単独でやっている」

浦幕はあきれ顔で、看護師たちに訴えかけでもするかのように、両手を大きく上げた。

「ろくな捜査経験もないおまえが、被疑者の尋問を？　それも一人で」

「やり方については、任せてもらう。では、そろそろ戻る」

「おまえの手を借りる事に、俺は最後まで反対したんだ」

「おまえの意見なんて、誰も聞いてないって証拠だよ」

笠門は再び七〇五号に向かう。ピーボはいつもよりうなだれた格好で、後ろをトボトボついてくる。

立ち番の警察官の脇を抜けると、廊下の隅にピーボを導いた。

「少しの間、またここで待っていてくれ」

笠門は廊下にピーボ一人を残し、病室に入った。通常、病院での活動中、ピーボを置き去りにしたり、視界から消えたりはない。今回は異例中の異例だ。

入ってきた笠門に鳴山は、感情のこもらない冷たい目を向けた。

無視する事もできたのに、こちらに関心を向けた。微かな手応えと言える。

「言う気になったかい」

笠門はあえて軽い調子でたずねた。

「何の事だか、判らない」

鳴山は表情を読まれたくないのか、顔を窓側に向けた。

「その件については少し置いとこう」

笠門はもともとピーボのために用意していた来客用の椅子を引き寄せ、座った。

「出所後の事を聞かせてくれないか。どこで、どうしていた？」

「あんたには関係ないだろ」

「あんたが無実だと言うなら、それを証明しなくちゃならない。そのためには足取りが大事なんだ。どこに寝泊まりしたのか、金は持っていたのか」

「ネットカフェを泊まり歩いて、それもダメな時は公園とかで寝てた」

「身を寄せるような場所はなかったのか？　知り合いとか」

「そんなもん、いるわけないだろう」

「ムショ仲間はいなかったのか？」

　答えはすぐに返ってこなかった。髪を束ね、こんもりと盛り上がった後頭部は微動だにしない。笠門の意図を読み取ろうとしているのか、あるいは、ただ答えたくないだけか。

「一人も……いなかったね」

「仕事は探さなかったのか？」

「簡単じゃないのは判っていたからね。街をぶらつきながら、求人を探して歩いてた」

「ずいぶんと寂しい話じゃないか」

「放っておいてくれ」

「有楽町には、何をしに行った？」

「別に。ぶらついていたら、いつの間にかそこにいたってだけさ」

「哀れなものだな」

「何だって？」

「上司に裏切られ、横領の罪を一人で背負わされた挙げ句、出所後はホームレスだ。目的は復讐か？」

「復讐？　あんたに、何が……うっ」

布団の中で背中が丸くなるのが判った。

「痛むのか？」

「どうって事はないさ」

痛み止めが切れ始めているに違いない。

「さっさと吐いてしまったらどうだ？」

痛みをこらえるうなり声が続いた後、鳴山が何か言ったが、歯を食いしばっているせいか、不明瞭でよく聞き取れなかった。

笠門は立ち上がり、ナースコールを押した。

「どうしました？」

柴田の声がする。

「患者が痛がっている。看てやってくれ」

下から鳴山が潤んだ目で見上げていた。

「あんたの手の内は判っている。そうやって恩を売って、吐かせようって言うんだろ？」

「そうかもしれないな」

笠門は看護師たちと入れ替わりに廊下に出た。ピーボは元の位置から動く事なく、じっと笠門を待っていた。

「ピーボ」

笠門は頭をなでる。ナースステーションに戻ると、さっそく浦幕が食ってかかってきた。

「独断で処置を要求するとはどういう事だ？」

「さっきも言っただろう。ここでは、俺のやり方でやらせてもらう」

「けっ、偉そうに」

苛立ちを抑えられず、椅子を蹴り上げている。この程度で、よく捜査一課が務まるものだ。

笠門はあらためてきいた。

「新たな情報はないのか？」

「銀行はすべて空振りだった。徹底して調べたが、爆発物は見つかっていない」

「鳴山の上司や銀行関係者は？」

「何とか身柄は押さえた。爆弾は関係者の自宅や職場などに仕掛けられている可能性が高い。所轄も含めて総動員で探しているが、いまのところ、何も見つかっていない」

看護師たちが戻ってきた。柴田が笠門に言う。

「痛み止めでかなり楽になると思う」

何か言いたげな浦幕を押しとどめ、笠門は立ち上がる。ステーションを出ると、何も言わなくてもピーボはついてきた。

笠門はしゃがみ、彼と目を合わせた。

「ピーボ、いよいよ出番だ」

うなずきこそしないが、心得たという様子で、彼はトコトコとベッドに近づいていく。鳴山は痛みが和らいだ安堵感からか、ぼんやりとした表情のまま、ベッド脇に目を落とした。ピーボを目にした彼女は、現実と夢の狭間で混乱しているようだった。

「え……犬？」

ピーボはゆっくりとした動作で、置いたままの椅子に乗る。長い毛が鳴山の薄い掛け布団に触れた。彼女はその感触を確かめるように、布団の下から手をだした。手は包帯で幾重にも巻かれており、摑んだり、直接触れたりする事は無理な状態だった。逮捕の抵抗時に包丁で切ったとの事だったが、相当な深手のようだ。

「おまえはいったい、何なの？」

そう言いながら、彼女はピーボの金色に輝く毛を包帯の手でポンと叩く。

無言のまま数分が過ぎた。笠門は足音を殺し廊下に出るとイヤホンからの音に全神経を集中させた。

声は何も聞こえてこない。

眠ってしまったのだろうか。そう思ったとき、ふいに鳴山の声が届いた。

「ホント、酷いヤツらだよね。あいつら、わざと痛み止めの量を減らしやがったんだ。さっきまでいた刑事は、あたしを哀れだとまで言いやがる」

「はぁ」と長いため息があり、彼女の声が少し遠くなった。ピーボから離れ、枕に頭を載せたようだ。

「勝手に言ってればいいさ。哀れなのはどっちか、そのうち判るよ」

笠門は思わず唾を飲みこんだ。次の一言に、決定的な何かが含まれている可能性は高い。

しかし、鳴山は何も言わない。

笠門は思い切ってそっと中をのぞいてみた。鳴山はじっとカーテンを睨んでいる。目には狂的な光が宿り、一方で口元は緩んでいた。憎しみに燃えつつ、笑みを浮かべている。

間違いない。彼女は既に爆弾をどこかに仕掛け、爆発するのを待っている。

動機は復讐だろう。

しかし、笠門に判断できたのは、ここまでだった。鳴山は目も口も閉じ、穏やかな表情で寝息を立て始めた。

病室からピーボを連れだすと、餌を与え、しばしの休憩に入らせた。

浦幕の不機嫌さには拍車がかかっている。

「そんな事は最初から判っているんだ。ヤツは爆弾を仕掛け、銀行に復讐しようとしている。問題は爆弾の場所だよ。それを……」

「もう少し、声を落として下さい」

柴田に注意され、彼は聞こえよがしに舌打ちをする。

「いっそ自白剤でも何でも打って、吐かせればいいんだ」

そんな浦幕の言葉も、笠門の耳を素通りしていく。鳴山からは新たな情報を得られなかった。本当にそうなのか。何かが引っかかっていた。自分は何か重大な見落としをしている。だが、それが何か判らない。

ピーボはステーション奥の定位置で、伏せの姿勢で目を閉じている。笠門の視線を感じたのか、耳がピクリと動き、眠そうに目を薄く開く。気配に敏感なピーボであるから、これでは休むに休めない。

短い時間だが、今はそっとしておこう。目線を外しかけたとき、ピーボは黒い鼻をヒョイと窓の方に向けた。何となく意味ありげな様子に、笠門もつられて窓を見る。緑色のカーテンが閉まっていて、外を見る事はできない。古びて、色があせたカーテン。そう言えば、同じものが病室にもかかっていた。鴫山が恨みがましい目で睨んでいた窓に……。

違う。窓じゃない。笠門は気がついた。

浦幕に怒鳴る。

「銀行だ。鴫山が勤めていた銀行のホームページか何か。すぐにだせ」

「おまえ、俺に命令するのか」

「早くしろ！」

剣幕に圧され、浦幕は自身の携帯で検索を始めた。すぐに示された画面には、銀行のホームページがあった。斜めに走る緑色のラインの中に、昨季からメジャーリーグに入った人気投手の笑顔があった。

この銀行のイメージカラーは緑だ。昔から、店舗には鮮やかなグリーンの看板がかかっていた。キャッシュカードなどもすべて緑が基調だ。

「その投手は調べたのか？」

「あん？」

「彼は銀行のイメージキャラクターだ。販促品などにもすべて彼が使われている。まさに銀行のイメージそのものだぞ」

浦幕にもその意味がようやく飲みこめたようだった。慌てて携帯で本部と連絡を取り始めた。報告を聞く彼の顔はますます青ざめていく。

「その投手の野球教室が、多摩川のグラウンドで開かれているそうだ。親子連れでいっぱいらしい」

「鳴山が狙ったのは、それかもしれん」

携帯を手にしたまま、浦幕は外に飛びだしていった。

足の力が抜け、椅子にへたりこんだ。心臓の鼓動が早い。

間に合うのだろうか。何とか犠牲者をださず……。

ピーボに目をやる。彼は起きてこちらを見ていた。小首を傾げ、何かを思い悩んでいるようなポーズだ。笠門の緊張を一緒に感じているのだろうか。

いや、違う。普段、ピーボが見せる仕草ではない。

普段のピーボは甘えん坊であり、頑固であり、思いをストレートに表現してくる。病院での仕事中はそれらを抑え、プロフェッショナルとして行動しているに過ぎない。

いま、ピーボはオンとオフの境界線にいる。彼は自身の行いに満足はしていない。笠門はそう感じた。

何かが違うのだ。

「行けるか、ピーボ」

「ちょっと笠門さん」

柴田が鋭い声を投げてきた。

「一時間毎にしっかり休憩を取る。それは鉄則でしょう」

「今はそうも言ってられない」

ピーボは既に足もとに来ていた。決然とした強い光の宿った目で、こちらを見上げている。

その様子に、彼女も折れるよりなかったようだ。

「いいわ、行って」

七〇五号にピーボと共に入った。ベッド上では、鳴山が侮蔑的な笑みを浮かべながら、こちらを見ていた。

「噂は本当だったんだ」

笠門は動揺を表にださぬよう、じっと鳴山を睨む。

「警察病院には、犬を使って秘密をききだそうとする警官がいるって、どっかで聞いたのよねえ」

笠門はカーテンに目を走らせると、言った。

「グラウンドに爆弾はないんだな」

「黙秘する」

「カーテンに注意を向けさせて、俺たちを試したのか?」

「そんなつもりはない。ただ、思い知らせてやりたかっただけ。こんな卑怯なやり方では、口は割らないってね」

「おまえの目的はいったい何なんだ?」

「黙秘」

「あんたは俺たちに一杯食わせたと思っているだろうが、それは違う。あんたのピーボに対する警戒心、敵愾心《てきがいしん》をしっかりと見せて貰った。あんたの目的はただの復讐ではないな。銀行の件はブラフだ」

　鳴山の頬が強ばり、引きつっている。

「出て行け。あたしは犬が大嫌いなんだ」

「あんたは、俺とピーボの事を知っていた。どこで知ったかは問題じゃない。知っていたからこそ、警察病院に入院できるよう仕向けたんだ」

　ピーボが素早く椅子に乗り、鳴山に顔を寄せる。

「止めろ」

　激しく頭を左右に振るが、両手には包帯、両腕には管が刺さり、まったく自由が利かない。完全にピーボを振り払う事はできなかった。

「爆弾の件も怪しくなってくるな。マッドゴーネの爆弾、本当はないんじゃないか」

「ある。爆弾はある！」

「マッドゴーネの所にわざと自分のデータを残し、跡を追わせたんだ。そして、逮捕のとき、自ら怪我をする。そうすれば、爆弾の在処をききだすため、ピーボが使われる。あんたはそう算段し、見事、ここに搬送されたんだ」

「違う」

「本当の目的は何なんだ？　いずれにせよ、爆弾なんてないんだろう？」

「ある。爆弾は……」

鳴山がこちらを向いた。すがるような目で、笠門を睨みつける。

いける——。

確信したとき、突然、ピーボが椅子から下りた。呆気にとられる笠門の足元にきて、何事かを訴えるように顔を上げた。

反射的に時計を見た。午後一時五十分。

凜ちゃんの手術だ。

しかし、今は……。あと一歩で落とせるというのに……。

「ピーボ」

ピーボは動こうとしない。笠門の思いは充分、伝わっているはずなのに。

鳴山は目を固く閉じ、また向こうをむいてしまった。

頭が混乱し、どう対処して良いか判らない。思わずピーボを怒鳴りつけそうになった。寸前で思い留まったのは、パートナーとしての自制とピーボへの信頼だった。

「判った、ピーボ。行こう」

笠門はリードを引き、廊下に戻る。リードを入れ替えている暇はない。このまま、小児科病棟に直行する。

特別病棟のナースステーション前では、戻ってきたばかりの浦幕が待ち構えていた。

「きさま、どういうつもりだ！」

胸ぐらを摑まれた。

「こんなときに、持ち場を離れるなんて……」

「手術に立ち会う約束がある。行かないと」

「馬鹿を言え！　人の命がかかっているんだぞ。威力のある爆弾の在処が判ってすらいないんだ。それを放りだして、子供の手術の付き添いだと？」

「彼女が待っているんだ」

浦幕を押しのけると、笠門はピーボと共に進んだ。

「もし爆弾が爆発し、犠牲者が出たら、それはおまえの責任だ」

浦幕はなおも何か喚いていたが、エレベーターのドアがすべての音を断ち切った。


凜はまだ、五階小児科病棟のベッドの上にいた。転落防止用の柵をしっかりと握りしめ、頬には涙の跡が幾筋もついていた。

精根尽き果てた表情の母親が手を握り、病室の外には移動用のキャスターと畠中が緊張の面持ちで待機していた。

そんな凜が、起き上がった。

「ピーボ！」

角を曲がったピーボが、いつもより少し早い足取りで、凜に近づいていった。

「ピーボ、約束、守ってくれたんだ」

懸命に伸ばした手が、耳に触れる。

特別病棟で起きている事は、ある程度、畠中たちにも伝わっているはずだ。表情を強ばらせている看護師もいた。

笠門はあえてゆっくり凜に近づき、手にしたリードを掲げながら言った。

「凜ちゃん、行けるか？」

彼女は笠門と目を合わせず、紫色になった唇を震わせながら、ピーボの頭に手を置いている。ぱっちりとした目に、涙が溜まり始めた。それでも、彼女ははっきりとうなずいた。

「ピーボがついてきてくれるのなら」

「判った。手術室の前までだけど、一緒に行こう」

「やった！　ピーボ」

移動用のキャスターが運びこまれてきたため、ピーボはベッドから離れる。その間も、頭を凜の方に向け、エールを送るようにツンと鼻を上げている。

病室から出て廊下を進み、専用エレベーターへ。三階まで下りると、そこからまた廊下を進む。手術を控えた患者にとっては、もっともストレスのかかる道行きだった。凜はベッドの柵越しに、横を歩くピーボを見つめていた。

彼はしゃんと背筋を伸ばし、堂々と歩いている。今の凜にはそれが安心感に繋がると考えているのかもしれない。手術室のドアの前まで来たとき、ピーボはそっと後ろに下がった。母親が凜の手を握り、励ましの言葉を囁いたからだ。今は母の愛に満たされるべき瞬間だと、彼は理解しているのだ。

手術室のドアが閉まるや、笠門とピーボは走りだす。看護師の一人が、エレベーターのドアを開けて待っていてくれた。礼もそこそこに、乗りこんで七階へ。

普段、身分証提示、確認などを行う扉は開け放たれており、浜尾たちの姿もいまはない。

浦幕の姿も見当たらず、ナースステーションでは柴田が疲れた笑みを浮かべ、笠門の肩を軽く叩いた。

「何か動きは？」

「今のところ、どこかで何かがあった報告は入っていないみたい。浦幕は出て行ったきり戻ってこない。あちこちで、あなたの事をクソミソに言ってると思う」

笑いを返す気力も残っていなかった。

「休憩スペースで、ピーボを休ませてくれないか。今日はもう働き過ぎだ」

「いつも、あなたが自分で連れて行くのに？」

「すまん。今日だけは頼むよ」

柴田は笠門からリードの端を受け取った。

「あなたはどうするの？」

「さあな」

静まりかえる特別棟を見やる。

「ピーボなしじゃ、何もできないけどな」

彼女は何も答えず、ピーボを連れて行った。ピーボはこちらを気にしながらも、素直に従っていく。

体の半分、いやそれ以上を持って行かれた気分だった。頼りなく、この場から逃げだしたくなる。行き交う看護師たちの視線が、どこか自分を非難しているようにすら感じた。

じっとしている事ができず、病棟に向かって歩きだす。廊下に立つ警官に会釈してその前を通り、廊下奥の窓をめざす。外を見たからといって、何が見えるわけでもない。病棟の冷たい灰色の壁があるだけだ。窓の前に行って壁を見た後、自分がどうすればいいか、まだ判らない。

「えらく……しょぼくれてるじゃないか」

七〇八号の中から声がした。郷民宗義だった。午前中よりは意識がはっきりしているようだ。それでも顔色はまさに死人のようであり、唇は色を失い、本来赤みを帯びている頬の周りは青白く、目の周りは黒く落ちくぼんでいた。これを死相と言うのだろうか。数多くの患者を看取った経験を持つ笠門でも、思わず息を詰め言葉をなくした。

その様子に、郷民は苦笑する。

「そんなに酷いか。だが意識ははっきりしているし、目だってよく見える。ここに寝ていると、斜め向こうの七〇五号がよく見えんだよ」

笠門は死神に導かれるように、郷民の許に歩み寄った。

「犬がいねえと、頼りないな」

郷民は既に気づいているのだろう。笠門とピーボの本来の目的に。

笠門は振り返り、七〇五号の様子を見た。開け放たれたドアの向こう、ベッドに横たわる鳴山が見える。上を向き、目を閉じている。

郷民が掠れ声で言う。

「喧嘩ってのはな、やる前から勝ち負けは決まってるんだ」

「え？」

「人数とか武器とか関係ねえんだ。腹を据えているかどうか。覚悟さ」

郷民が何を思ってそんな話を始めたのか。笠門は意図を摑みかね、ただ無言でうなずく事しかできない。郷民は続けた。

「相手を殺して刑務所に行って、自分の一生を棒にふる。その覚悟が一瞬でできたヤツが強いんだ。あんたには、まだ覚悟がたりねえ。腰がふわふわしてる。覚悟に関しちゃあ、あのわん公の方が上だな」

郷民はベッドの上から、一部始終を見ていたのだ。声までは聞こえなかっただろうが、笠門の立ち居振る舞い、ピーボの挙動、すべてを見ていた。

かつて飼っていたドーベルマンを思いだしているのだろう、郷民はなつかしそうに目を細めた。

「犬ってのは、何でも知ってる。あんたにも覚えがあるだろ？」

笠門はうなずく。

「あのわん公は、覚悟決めてるぜ。後はあんたが決めるだけじゃねえのかい」

郷民はそう言い切ると、目を閉じた。慌てて計器類を見たが、脈や血圧に異常はない。眠っただけのようだった。

笠門はそっと部屋を出る。いま言われた事を反芻する。

『あのわん公は、覚悟決めてるぜ』

凜の手術時間が迫り、鳴山のもとからふいっと身を離したピーボの姿が、その言葉と重なる。

ピーボはあの瞬間、何を思ったのだろう。鳴山はいままさに爆弾の在処を喋ろうとしていた。少なくとも、笠門にはそう見えた。にもかかわらず、ピーボは自らその場をぶち壊した。凜との約束を優先した——笠門はそう考えていたのだが、もしかするとピーボなりに別の考えがあったのかもしれない。

　ピーボは覚悟を決めて、鴫山の告白を遮った……。

　鴫山がウソをついていると、彼は判っていたのだろうか。鴫山の思い通りにさせないため、ピーボはあのように思い切った行動を取った。

「フフーン」

　揶揄を帯びた不愉快な笑いが、七〇八号隣の七〇六号からもれてきた。

　ベッドの上ででっぷりとした巨漢、田中三郎が、笑いかけている。

　立番の警官が咎めようと口を開きかけたのを止め、笠門は部屋へと入っていった。

「何が、おかしい」

「いや。何だか迷ってるみたいだったからね。まったく、しょうがねえなって」

「どういう意味だ」

　田中は巨大なギブスをはめられ、寝返りをうつ事さえできない有様だ。顔にぐっしょりと汗をかきながら、太い腕で懸命に手招きをする。

　笠門は慎重に近づいた。

「俺も見てたんだ。向かいだから丸見えだし、こう見えて、唇、読めるんだよ、ある程度」

　詐欺師として生きてきたこの男には、様々な隠れ技能があるとされている。

「それにしても、あんたの犬は、すごいね」

「何がすごい？」

「あの女の事、全部、見抜いてる。ただの一言も信じちゃいない。俺の目から見ても、惚れ惚れしたね」

「ピーボが？　ウソを見抜いていた？」

「あの女の言う事は全部、デタラメだ。カーテンにわざと注意を向けさせたりさ、あんなブラフに引っかかるなんて、もう見てらんない」

「悪いがこちらも、おまえの戯れ言に付き合っている暇はない」

「戯れ言？　この道四十年の俺の言葉が？」

「この道四十年、詐欺師の言葉に何があるって言うんだ？」

「あの女の動機が復讐だなんて、思っちゃいないだろ？　いかに生真面目なあんただって」

笠門はうなずいた。詐欺師相手に首肯するのは何とも腹立たしいが、成り行き上、仕方がない。

「となると、本当の動機は何だ？　そう、詐欺師の狙いは、いつだって金だ」

「待て。あの女は詐欺師とは違う」

「まあ、最終的な目的は何か判らんがね。だがいずれにせよ、ヤツは金で動く。綿密な計画をたて、自ら演技をし、相手を出し抜く。あいつはね、楽しくてしょうがないんだよ」

「楽しいだと？」

「そうさ。自己顕示欲の固まりだ。だからこそ、自分から死地に飛びこんできて、あんたらをきりきり舞いさせている。ただ、一人だけ、いや、一匹だけ、思い通りにならないヤツがいる」

「ピーボか」

「そうだ。あの女がいま沈黙を保っているのは、これからの展開を再確認しているのさ。齟齬がないか、見落としがないか、頭の中で再現している」

「待てよ……あのタイミングでピーボが彼女のもとを離れたのは……」

「あの犬には天賦の才があるね。彼女にわざと時間を与えたんだ。これからどうするか、じっくり考える時間をね。追い詰められた状況で考え始めると、疑心暗鬼ってヤツが首をもたげる。あの女、いま必死に算段しているぜ。計画を進めるかどうか」

「その計画の中身が、皆目、判らないんだ」

「それを調べるのはあんたらの役目だろうが。だが、そういう時にこそ、思いだすんだ。ああいう手合いの動機ってのは、常に金だ」

「金ね……。判った。ありがとう」

　詐欺師相手に礼を言っているようでは、警察官として先がなさそうだ。自身にあきれながら、笠門は笑うしかなかった。

　田中も笑っていた。

「あんたに礼を言われる筋合いはない。俺がこんな事を喋っているのは、あの犬のためさ。あの犬は特別だ。大事にしてやるんだな」

「ああ。おまえに言われるまでもない」

　笠門は病室を出た。

四

　ナースステーションの奥で、ピーボはまどろんでいるようだった。きちんとした休憩も取れず、疲れさせてしまった。いよいよ、ハンドラー失格だ。

静けさを取り戻したステーションだったが、それも一瞬の事だった。七〇一号の様子を見に行った看護師が、血相を変えて戻ってきた。

「松添加世子さん、目が真っ赤です。顔面に腫れも出ています」

担当の看護師たちが一斉に動きだす。それと入れ替わる格好で、浦幕が駆けこんできた。

「笠門、おまえも来てくれ」

「どうした？」

「こちらの調べで、判った事がある」

『こちら』、にやたらと力が入っている。鼻の穴を小器用に膨らました表情からも、優越感が見て取れる。

「この病院からワンブロック先に高齢者施設があって——病室の窓からならよく見えるはずだ——そこに、鴨山のいた銀行で警備員をしていた男が入所している」

「警備員は、復讐の対象にならないだろう」

「そう思って、リストからは外していたんだ。だが、その後の聞き取りで、その警備員は横領が発覚する前に、鴨山と上司が何度か会っているのを目撃していた」

「それなら、捜査員が話を聞いているはずだ」

「どうやら銀行側が口止めをしたらしい」

浦幕は右手で「金」を示すマークを作って見せた。こういう仕草が妙におっさん臭い。

「沈黙する事で、鴨山一人に責任をかぶせる事に加担した……か。それが事実なら復讐対象にはなるが、本人は何と言ってる？」

「本人は認知症で、まともな答えは期待できない。とにかく、いま、施設で爆弾の捜索を行っている。建物も広くて、庭もある。人手が足りないんだ。おまえも手伝え。あと、廊下の警官も借りていく。総動員だ」

「待て。たまたま鳴山が入院した病院の近くに、標的の建物があるっていうのは、いくらなんでもできすぎだ」

「これが鳴山の計画だったんだよ。ターゲットが吹き飛ぶところを、近くで見ていたかったんだ」

可能性はある。しかし、今の笠門にはどうしても納得する事はできない。

「俺は残る」

「何？」

「ピーボを置いてはいけない」

「おまえ……」

「もう一つ、俺には鳴山の動機が復讐とは思えない。何かウラがある気がするんだ」

浦幕はもう怒りを示すつもりもないようだった。あきれ、哀れみ、それ以上に強く感じられたのは、侮蔑だった。浦幕は笑った。

「勝手にしろ。この事件が終わったら、俺はすべてを上に報告する。おまえが警察官でいられるのは、あとわずかだ」

笠門は浦幕に背を向け、ゆっくりとピーボのもとへと向かった。浦幕は立ち番の警官を連れ、階段へと突進していった。

ピーボは伏せたまま、上目遣いに笠門の動きを追っている。

彼の負担とならないよう、少し距離を取って座る。

看護師たちは、松添加世子の処置に大わらわだった。

「アレルギー反応が出たみたい」

「そんなの聞いてない」

十分ほどそんな騒ぎが続き、やがて平穏が訪れた。加世子の容体も落ち着いたようだった。

笠門は床に座り壁にもたれたまま、ふっと眠りの誘惑に引っ張りこまれそうになった。

ピーボをさしおいて、こっちが寝るわけにはいかないよな。

特徴的な足音が近づいてくる。柴田だ。

見上げた彼女の顔には、痛みに喘ぐ患者を労るような職業的な笑みが浮かんでいる。

「もう帰ったらどう？　あなたたちの仕事は、もう終わったと思うけれど」

「そうしたいのは、山々だけど」

笠門は立ち上がり、ため息をつく。

「上司からはまだ帰還命令が出ない。例の高齢者施設の方はどうなってる？」

「詳しい事は判らないけど、今のところ、危険物は見つかっていないみたい」

鳴山が目を覚ましたら、もう一度、尋問してみるか。ピーボの負担を増やしてしまう事になるが。

エレベーターが到着し、中から警官が出てきた。立ち番の警官だろう。施設捜索から解放されたらしい。疲労困憊の体で、うなだれたままトボトボと本来の持ち場に戻っていく。

ピーボが大きく口を開けあくびをすると、立ち上がり笠門の足元に来た。

　笠門は柴田に尋ねた。

「松添の様子はどう？」

「それが……」

　柴田は言いにくそうに、ピーボを見下ろす。

「犬アレルギーの症状だった」

「何だって？」

「何も知らされていなかったから、こっちもびっくりしちゃって」

「つまり、目の腫れはピーボのせいか？　短い時間だが、部屋に入った」

「ピーボはとても清潔だし、きっちりとケアもされている。でも、アレルギーは人それぞれだから」

　笠門は思い至った。

「ここに来る前、多頭飼育崩壊の現場に寄った。シャワーを浴びて、服も替えたりはしてきたが、もしかすると原因は俺にあるのかも」

「そうかもしれない。いずれにせよ、症状は治まりつつあるし、命に別状はないから」

　ピーボが強く顔をこすりつけてきた。

「どうした、ピーボ……」

　待て……。何かがおかしい。

鳴山がわざと捕まり、ピーボを利用して警察病院に入院した事までは判っている。だがその件と高齢者施設の爆弾騒ぎはどう繋がる？　施設が病院の近所という事まで本当に計算していたと言うのか？

まさか、これは誘導？

ピーボがクンと鼻を鳴らす。

散々、鳴山に翻弄された挙げ句、病院の近場に爆弾があると知れば……。

総動員。病院に詰めている警察官たちも駆りだされる――。

「警官だ！」

看護師たちが一斉に動きを止めた。

「いま、入ってきた警官だ。ヤツを……」

叫びながら、笠門は駆けだしていた。ピーボがすぐさま後を追ってくるのも判った。

病棟の廊下に人影はない。

笠門は迷う事なく七〇一号に飛びこんだ。ベッドの脇に警官が立ち、ナイフを振り上げていた。切っ先は眠る松添加世子の喉元に向けられていた。

警官の顔がこちらを向いた。さっきまで立ち番をしていた男とは別人だ。

笠門は折りたたみ椅子を盾代わりに持ち、男と対峙した。

切っ先は今、笠門の方を向いている。天井の明かりが反射し、鈍い銀色の光が笠門の目に映った。

あのとき、振り上げられたナタも、同じように光っていた。モリオウの吠える声。男の雄叫び。

振り下ろされるナタ。過去がよみがえり、現実が遠ざかる。

　モリオウ、そんなに吠えるな。

『カサカド』

　誰かに呼ばれた。

　モリオウ……。いや、モリオウは死んだ。いま、吠えているのは……。

　ピーボ！

　向かってくる男に椅子を叩きつけると、突きだされた手首を取った。渾身の力で締め上げると、凶器は床に落ち、乾いた音をたてる。

　男と笠門は共に床に倒れこんだ。揉み合ううちに、男のポケットから筒状のものが転がり出た。軍用の発煙弾だと判った。

　警官たちが踏みこんでくる。いくつもの足が入り乱れた。

　男が取り押さえられ、連れだされる。ふいに開けた視界に、ピーボが映った。廊下からじっとこちらをのぞきこんでいる。

　笠門は膝立ちになり、そのままピーボに近づいて言った。彼の体を抱きしめる。

　ピーボは病院の中では絶対に吠えない。そう訓練されている。

　でもあの時だけは、俺を呼んでくれた。

　ピーボはまた、仕事モードに入ったようだ。笠門が顔を寄せても、それに応えようとはせず、すましている。

　すごいな、おまえは。

笠門はピーボと共に、七〇五号に入った。

ベッド上で、鳴山が暗い目をして天井を睨んでいた。彼女の顔が、糸に引かれるようにこちらを向いた。そこに敗者の面影はない。

「よく気がついたじゃないか。あと一歩だったのに」

「あんたがわざわざここに入院した目的を考えた。復讐ではなく、金が目的だとしたら、どうなるんだろうとね」

「向かいにいる詐欺師野郎の入れ知恵だね」

「その詐欺師野郎を含め、ここには三人の囚人がいた。目的はそれじゃないかと考えた。三人の誰かの殺害ではないかと。そのために多額の報酬を受け取っているのではないかと」

「ターゲットがここにいると判っていても、警備は厳重。どの病室にいるのかも判らないし、武器も持ち込めない」

「ダークウェブだの、爆弾だの、銀行、復讐とあんたのまいた餌に警察は翻弄された。だがあんたの目的は最初からただ一つ。廊下にいる警備の警察官を表にだす事だった。入れ替わりに制服警官が入ってきても、確認は疎かになる」

「あと一歩だった……。なぜ、標的が松添加世子だと判った？」

「犬だ」

「また犬か」

「松添加世子は、まず飼っていた犬を毒殺し凶行に及んだと聞いた。だが七〇一の女性は犬アレルギー。犬を飼うなんてできはしない。そこで考えたんだ。あの女は替え玉なんじゃないのかって。本物の松添加世子は、今も娑婆《しゃば》でかすめ取った金を使い、のんびり暮らしているんじゃないか。ところが服役中の替え玉が認知症になり、何を口走るか判らなくなった。そこで、あんたを雇った」

「まあ、そんなところかしらね」

「七〇一の女は何者なんだ？　どうして替え玉を引き受けて服役まで？」

「本名は知らない。貧困に喘ぐシングルマザーで、息子二人を育てるため、金と引き換えに、身を売った。そう聞いている」

「そんな事が、本当に？」

「替え玉ビジネスだよ。様々な依頼に対応するため、日頃から『人材』をストックしておくんだ。松添加世子からの依頼に応じ、年格好のよく似たその女が選ばれたってだけさ。ビジネスについてもっと詳しく知りたいなら、本物の松添を捕まえてきいてみる事だ」

「もちろん、するさ」

「さあ、できるかしらね」

「警察を甘くみない方がいい。さて、今度はあんたについてだ」

「私は鳴山和子」

「そんなでまかせが通用するのも今のうちだけだ。あんたも偽者なんだろう？　これも替え玉ビジネスってヤツか？」

　黙秘で通されるかと思ったが、女はどこか楽しげにすら見える様子で、薄い唇をペロリと舐めた。

「出所するヤツらの情報は逐一、チェックされてるんだ。あのマッドゴーネはただのインチキ野郎だったけど、きちんと金さえ払えば、色んな情報が買える。私と年、背格好の似ている彼女の出所が、計画実行の決め手だったんだ。入れ替わると言っても、長くて一日、上手く行けば半日と踏んでいたんだけどね」

「手を怪我したのは、わざとか。指紋対策だな」

「万が一に備えてね。本物の行き先は知らない。金と偽造パスポート、美容整形の医者も紹介した。今ごろは姿形を変え、どっかの国で休暇を楽しんでいるだろうよ」

「男が持っていた発煙弾。あれを使って、一緒に逃げるつもりだったか」

「警察なんて大した事はない。実際、そうだった。ただ、あんたらは別だった。負けたよ」

彼女の目は、じっとピーボに注がれている。ピーボもまた彼女をキッと真正面から睨み返していた。

笠門は最後の質問をした。

「この計画はあんたが考えたのか？」

「そう。難度の高い仕事を請け負い、計画をたて、実行する」

「それも今日で店じまいだ。当分は出て来られない」

「さあ、どうかしらね」

女は意味ありげに微笑む。ピーボは気分を害したらしく、ぷいっと横を向いてしまった。

「あらあら、ピーボには嫌われたわね。でも、あんたたちはいいコンビだと思う。また、会えるかしら」

「だったらせめて、本名くらい教えてくれよ」

「鳴山和子」

笠門とピーボはほくそ笑む女を残し、病室を出た。

柴田が駆け足でやって来る。

「今、連絡があった。凜ちゃんの手術、無事に終わったそうよ」

ピーボが尻尾をくるりと回した。

第四話　犬が見つける

一

桑旗竜夫《くわはたたつお》は、約束の一時間前に到着し、闇に沈んだ空き地を確認して回った。元は中堅飲料メーカーの寮があった場所だ。二年前、折からの不況でメーカーは寮を廃止、建物は解体され更地となった。

駅からは遠く、すぐ傍に保土ケ谷《ほどがや》旧石基医療センターという病院がある。坂が多く県のハザードマップでも危険ゾーンに指定されているなどの事情から、マンション建設などの計画はすべて頓挫、今はたまに雑草の処理が行われるだけの広大な荒れ地となっていた。周囲には柵がめぐらせてあるが、作業車の出入りのためか、車一台が通れるほどのすき間が設けられていた。

猛烈な寒さに、桑旗はコートの襟を立て、首を竦めた。数年に一度の寒波が襲来し、日本中が大雪に見舞われている。神奈川、東京でも、来週は雪が降る可能性もあるとか。

冷気に歯を食いしばりながら、周囲の様子を確認する。土地の周辺は住宅も少なく、光がもれているのは、闇の中に並ぶ医療センターの建物くらいである。

ここは、自分が探し求めていた理想の場所だった。時間をかけて探した甲斐があったというものだ。

背負っていたデイパックを下ろし、足元に置いた。蓋は開けたままにして、いつでも中の物を取りだせるようにしておく。

車のエンジン音が近づいてきた。

桑旗は柵によりかかり、道路をうかがう。曲がりくねった道を、あちこちにへこみのあるスズキのワゴンRが進んでくる。前もって言っておいた通り、ヘッドライトは消している。闇の中、慣れぬ道を進むため、速度は歩いた方が速いほどだ。桑旗は空き地の真ん中へ戻り、懐中電灯をつけた。誘導灯の代わりである。ワゴンRは空地に入り、さらにノロノロと進んだ後、桑旗の手前十メートルほどで止まった。

すぐに運転席のドアが開く。

「相変わらず、暗い所ばかり選ぶんだな」

車内灯にくたびれた男の顔が浮かんだ。前に見た時より痩せており、伸び放題の髪も乱れていた。

「そんなに、俺と一緒にいるのを、見られるのが嫌か」

桑旗は言った。

「それもあるが、暗い場所ばかり選ぶ、もう一つの理由を教えてやろうか?」

「俺の顔を見なくて済むからだろう」

図星だった。男は乾いた声で笑う。

「確かに似ているよな。親子だもんな。当然だよな」

ねちっこい口調が、桑旗の苛立ちをあおり、奥歯に力を入れさせた。

『歯を食いしばるのが癖になっているようですね』

歯科医に言われた言葉がよみがえった。

『マウスピースの着用をオススメします。さもないと――』

穏やかに微笑む歯科医の顔と言葉を、頭から追い払う。

「どうか、したのか？」

足もとを照らしている懐中電灯の輪の中に、ほこりだらけの靴が浮かび上がっている。

車から降りた相手は、桑旗の間近に立っていた。その顔には笑みが浮かんでいた。

「おまえの言う通り、買ってきたよ、スーツケース。着替えも詰めてきた。ほかにはこれといった物、持ってないからな。身軽なものさ。でも、本当にいいのか？」

「一ヶ月くらい、一緒に暮らしてみるのも、いいんじゃないかと思ったのさ」

「まさか、おまえがこんな事をしてくれるなんて……」

手にした懐中電灯で顔面を殴りつけた。鈍い手応えと共に、相手は地面に倒れこむ。

桑旗はデイパックから作業用の手袋を素早くだし、はめた。続いて荷造り用のロープをだす。

あらかじめ、適当な長さに切っておいた。

相手はうつ伏せとなり、車に向かって地面を這っていた。

懐中電灯を消すと、背中に馬乗りとなる。素早く首にロープをまくと、左右の端を持ち力一杯、引いた。

抵抗は予想以上だった。この世のものとは思えない不気味なうなり声を上げ、両足をバタンバタンと地面に打ちつける。両腕は関節がおかしくなるのではないかと思うほど激しく宙をかいた。桑旗はさらに力を込め、ロープを引いた。伝わってくる足掻きが少しずつ弱まっていく。ふいに手応が消え、ロープにずしりとした重みが伝わってきた。

桑旗は手を離す。ゴトンと嫌な音がして力をなくした頭が、地面に落ちた。

立ち上がろうとすると、両肩から両足にかけて、激しい痛みが走った。全身の筋肉が強ばっている。

ぎっくり腰にでもなったら事だな。

薄笑いを浮かべつつ、ワゴンRに近づく。バックドアを開くと、白いスーツケースが載せてあった。それを開き、中に詰まっている服や下着類を、持参したゴミ袋に詰める。空になったスーツケースを地面に下ろすと、今度は運転席へと回った。グローブボックス、コンソールボックス、サンバイザーなどをざっと確認し、桑旗との関係を示すものが入ってないかを確認する。サンバイザー裏に免許証が入っていた。室内灯で見る。

津島真《つしましん》。死んだ男の名前があった。

免許証を元に戻し車を降りると、デイパックの所に戻る。折りたたんだブルーシートを引っ張りだした。

風の様子を見ながら地面に広げ、その中心に死体を転がしていく。体を胎児のように「く」の字に曲げると、シートで巻いた。あとは周りをロープで縛るだけだ。

　ブルーシートの端を持ち上げたところで、念のため懐中電灯をつけた。死体をもう一度、検分するためだ。何か致命的な証拠を残している可能性もある。

「な……」

　死体の顔を照らした瞬間、思わず声がもれた。口の中からかなり出血している。顔を殴ったのだから多少の傷は負っているはずだが、それにしても多い。唇を切ったレベルではない。

　歯だ。さきほど、頭を過った歯科医の言葉だ。

　津島と何度か会ったとき、歯の話をした事があった。食いしばる癖があると漏らした桑旗に対し、津島も嬉しそうにうなずきながら、「俺もだ」と返してきた。

　同じ癖を持っていたとしたら……。

　桑旗は嫌悪感をこらえつつ、死体の口を開かせる。懐中電灯で中を照らした。左奥歯二本が折れ、そこから出血していた。口中に折れた歯は見当たらない。這って逃げる際、吐きだしたのだろう。

　桑旗は迷う。

　ここに被害者の歯を残していくのは、あまりに危険だ。一方で、たかが歯ではないかという思いもある。指先ほどの小さな歯、二本。問題になるはずもない。

　どうする——。

　思い悩みながらも、津島が這った地面を懐中電灯で照らしていた。

　雑草は刈られたばかりのようだが、石コロやゴミなどが散乱している。懐中電灯の光だけで探すのは難しい。

舌打ちをすると、車に戻り、ヘッドライトをつけた。闇が鋭い光に切り裂かれ、思わず手で顔を覆った。

一分。一分だけだ。桑旗は這いつくばり、歯を探した。

二本の歯は、案外、簡単に見つかった。茶色くなった歯は、津島が最初に倒れこんだ場所に並んで落ちていた。

慌てて拾い、ポケットにしまう。

ヘッドライトを消すと、今度は闇に視界を奪われた。目が慣れるまで少し待ち、ブルーシートを巻く作業にかかる。

事前に練習していたので、難なく行うことができた。縛り上げた死体を引きずり、スーツケースの中へと押しこむ。それを荷室に入れると、上から別のブルーシートをかけた。外から覗かれても、これで問題はない。

今夜はまだまだやるべき事がある。

目の端にちらりと光るものが映った。慌てて顔を上げるが、周囲には闇が広がるだけだ。強い寒風が音をたてて流れ去る。乱れた髪を整えつつ、桑旗はなおも周囲の様子をうかがっていた。

光の瞬きすらない。

やはり気のせいか。

肩の力を抜くと、ワゴンRの運転席に座り、エンジンをかけた。ヘッドライトは消したまま、ゆっくりとハンドルを切る。

一般道に出てからも、制限速度を気にしつつ、慎重な運転を心がけた。スピード違反などで警察に止められたら、もうおしまいだ。

死体と共にいる恐怖、嫌悪はまったく感じなかった。

かつて父親だったモノを載せ、桑旗は山に向かってワゴンRを走らせる。

二

ピーボの尻尾を枕にして、女の子が寝息をたてていた。

左腕と左足に重度の火傷を負い、二度の手術を終えた九歳の子だった。痛みはほぼなくなったとはいえ、小さな体に怪我と手術の負担は重くのしかかっている。体調の回復は思わしくなかったが、それでもピーボ相手には輝くような笑顔を見せてくれていた。

女の子の母親は安らかな寝顔に目を潤ませていた。

「最近、よく眠れないみたいで。すごく気持ち良さそうに寝てる。でも、そろそろ起こさないとピーボが……」

笠門は娘を揺すろうとした手を止める。

「まだもう少し時間がありますから。寝かせておいてあげましょう」

ピーボは女の子の事を思い、伏せの姿勢のまま微動だにしない。それでも目だけは笠門を捉えており、こちらの望みを的確に拾い上げてくれる。

それから十分。母娘にとってゆったりとした時間が流れていった。

できればもう少し時間を取ってあげたいところだったが、ナースステーションから看護師長の畠中がそっと手を振っていた。何か用件がある時の合図だ。

時間がきた事を報せると、母親は何度も礼を言いつつ、結局、すやすやと眠ったままの娘を抱き病室に戻っていった。

ピーボに労いを伝え、畠中のもとへ向かう。

「ピーボとあなたに一つ、お願いがあって」

カウンターの上には既に一冊のファイルが置かれている。

「一昨日、神奈川の病院から転院してきた男の子がいるの」

笠門はファイルにざっと目を通す。

男の子は大野《おおの》大助《だいすけ》、十一歳で、三日前、神奈川県の保土ケ谷旧石基医療センターに肺炎で入院。脱水症状を起こし、一時、重篤ではあったが点滴等で回復。退院の日取りも見えてきていた。

「ここまで回復していれば、あとは経過観察だ。転院というのはどういう事だ？」

「一昨日、どうしても退院したいって、急に暴れだしたらしいのよ。その様子が尋常ではなかったらしくて」

笠門はさらにファイルを確認するが、少年に余病はなく、精神科などの受診歴もない。

畠中は険しい表情のまま続けた。

「保土ケ谷旧石基は治療を続けるつもりだったようだけど、ほらあそこいま、ちょっと問題が」

「産婦人科の医療ミスだろう？　帝王切開後の女性に麻酔薬を過剰投与した」

「そう。産婦人科看護師によるミスが続いていた事もあって、新聞なんかで叩かれてるのよ。それで、大助君の両親は転院を希望。父親のツテで、ここに来たってわけ」

「ここに来てからの様子は？」

「さすがに暴れたりはしていない。肺炎の治療もちゃんと受けてる。ただ、今度は反応がほとんどないのよ。何をきいてもろくに返事をしない。食事もあまり取らない。ベッドに横になったまま、ただボーッとしている」

「主治医の見立てはどうなんだ？　ひと通りの検査はしたんだろう？」

「検査はいずれも異常なし。病後は順調で、本来ならもう退院していても、おかしくないって。となると、考えられるのは……」

「心か」

彼女はうなずく。

「何か恐ろしい体験をしたみたいなの。ピーポの力が借りたいのよ」

少年はカーテンを引いた暗い部屋で、顔半分を布団に埋めていた。室内の明かりは消えており、廊下から差し込む光が室内の様子をぼんやりと浮き上がらせている。

憔悴した様子の母親が、戸口で笠門に囁いた。

「明かりをつけると嫌がるんです。カーテンも閉めておけって。無理に開けようとすると、すぐに大声をだしたりして。少し乱暴なところはある子でしたが、ここまでは……」

後は言葉にならず、手で口を押さえながら、嗚咽をこらえている。

今回もまたイレギュラーな依頼だが、状況を見るに、対処は早い方が良いようだ。少年にとっては荒療治となるかもしれないが、やってみる価値はある。

　ピーボの首輪は、既に録音機付きの黒いものに代えてあった。無論、今回は秘密裏に録音するのではない。医師にきかせる必要があるかもしれないと、両親の許諾をとり、装着したものだ。

　笠門はピーボと共に、病室に入った。大助少年の目が動く。廊下からの光で、ピーボの存在を捉えたようだった。

　顔を隠していた布団がめくりあげられる。

「犬？　どうして病院に犬がいるの？」

「こいつの名前はピーボ。ファシリティドッグといって、病院の医療スタッフなんだ」

「犬……ピーボが診察するの？」

「さすがにそこまではできないけれど、どうだい？　ピーボにさわってみるかい？」

　大助は大きくうなずいた。笠門の指示で、ピーボはベッドの傍へと進む。今回は椅子などには乗せず、床に座ったままにする。

　大助は起き上がりベッドに座ると、恐る恐る手をだして、ピーボの頭に触れた。

　大助は自由に体が動かせる。ならば、自分から動くよう促した方がいい。

「大人しいんだね」

　すぐに慣れた大助は来客用の椅子に自分が座り、金色の毛が波打つピーボの背中を何度もやさしくなでた。

　この年頃の男の子にしては、大柄な方だろう。顔付きには早くも大人びた逞しさがのぞいていた。一方で顔色は悪く、面やつれしている。心の内にある何かが、彼を蝕んでいるようだった。

笠門は音をたてぬよう、そっと部屋から退いた。

いま病室は、大助とピーボだけの世界だった。彼がその世界に身を委ねてくれれば……。

笠門はイヤホンを耳に入れる。

いつものように、ガサガサと少年の手とピーボの毛がこすれる音が響いてきた。

しばらくすると、低い嗚咽が混じり始める。

不安そうな母親に、その場を動かぬよう指示しながら、笠門は聞き耳をたてる。

嗚咽と鼻をすする音だけがしばらく続き、その後は沈黙へと移った。始めてから十五分が経過している。

そのとき、マイクがカチカチという奇妙な音を拾った。笠門も初めてきく音だった。

何の音なのか。耳をそばだてるうち、正体が判った。歯がぶつかり合う音だ。少年はピーボを抱きしめたまま、歯の根が合わぬほど、震えている。

予想外の事態に、笠門も慌てた。いますぐ中止すべきかもしれない。

だが……。

病室に踏みこもうとして足を止めた。

いま少しだけ、ピーボに任せてみよう。

カチカチという音はまもなく止み、低いつぶやき声が取ってかわる。

「怖い、怖いよ、ピーボ」

掌が汗ばんできた。少年にいったい何が起こったというのだろう。

さらに十分が過ぎ、規定の三十分が近づいてきた。今日一日で解決するのは、さすがに難しいかもしれない。ならば、明日以降も少年の意向をききつつ、継続する方向で……。

「オレ、見たんだ」

はっきりとした言葉がきこえた。笠門は戸口の陰から、そっと中を覗いた。

床に座り、じっと大助を見上げているピーボ。少年はしっかりと目を合わせながら、ゆっくりと、言葉を継いでいった。

「オレ、見たんだよ。人が殺されるところ。殺したヤツの顔も見た」

三

さすがの須脇も、今回ばかりはとまどいを隠しきれなかった。

「まったく、おまえらはどうして、規格外のネタばかりを持ってくるんだ」

部屋の隅にいるピーボは悪びれた様子もなく、首をわずかに傾げ、ちょっと得意そうにさえ見える表情で、須脇の前に立つ笠門を見上げていた。

ピーボに微笑みかけた笠門は、そのまま須脇に顔を向ける。

「大助君は男が桑旗竜夫であると断言しました。彼はミステリー作家で……」

「桑旗の名前くらい、俺も知ってる」

「警視正がミステリーをお読みになる?」

「バカにするな。けっこう読んでいるさ。桑旗はなかなかいいものを書く。出世作は『緋色の虎』だった。二作目の『紅の虎』がさらに当たって、虎シリーズってのが始まったんだ。『漆黒の虎』、『群青の虎』……」

「あまり読みたいとは思えませんがね」

「いや、これがなかなか……」

語りだそうとして、須脇は慌てて口を閉じた。この様子では、かなり熱心な読者とみえる。笠門は言った。

「大助君の体を第一に考え、丸一日かけて慎重に詳しい聞き取りを行いました。彼は保土ケ谷旧石基医療センターの小児科病棟に入院していました」

「旧石基か。小児科はともかく、産婦人科は酷いらしいな」

「看護師の対応も悪く、今もワイドショーで叩かれていますよ。それはともかく、一月二十日の深夜、眠れなかった大助君は窓から外を眺めていたと。病棟は周囲よりやや高い位置にあり、西側の窓からは夜景が綺麗に見えるとか」

須脇はパソコンをいじり、クリックした。画面上に医療センター周辺の地図をだしているようだ。

「かなり広い空き地があるな。殺人を見たというのは、そこか」

「はい」

「しかし、病棟からはかなり距離がある。それに、深夜という事は、真っ暗だったわけだろう。何か明かりでもなければ、犯人の顔が見えるわけがない。犯人がこうこうと明かりをつけて犯行に及んだわけでもあるまい？」

「大助君は退屈だからと、父親から双眼鏡を借りていたようです。窓からは一般住宅などは見えませんし、構わないだろうと考えたようで」

「明かりの問題は？」

「短い時間ですが、車のヘッドライトがついたとの事です。その光の中に、犯人の顔、首を絞められたと思しき死体が浮かび上がったそうです」

「それは本当に死体だったのか？」

「ピーボと共に問題の空き地に行ってきました」

須脇の顔がますます渋くなる。

「オレに相談もなくか？」

「いま、報告しています」

「収穫は？」

「石の一つにわずかですが、血痕を見つけました。採取して、鑑識にて鑑定をしてもらい、人間の血液であると判明しました」

「鑑定の許可は取ったのか？」

「いえ、自分は元鑑識でしたので、少々コネが……」

「きさ……ま……」

声を張り上げようとした須脇は、ピーボの存在に気づく。彼を怯えさせるような行動、言動は御法度である。

「……ま……まぁ、その、何だ、くそっ」

ピーボの耳がピクンと動く。きいてるぞという意思表示のようにも見える。

「ったく、やりにくいな」

また耳が動く。

「とにかく、いいか、現場は神奈川県警の管轄である事を忘れるな」

「しかし、まだ事件化もしていないわけですし。それに、桑旗は都内在住です」

「関係あるか、そんなもん。いや、しかし、こいつは参ったな……」

珍しく、須脇が本当に困っている。

「あるのは少年の証言だけで、肝心の死体は出ていないわけだろう」

「しかし、容疑者が一人います」

「正気か？　相手はそれなりの有名人だ。下手に突くと、我々はこれだ」

自らの首をかき切る動作をして、須脇は椅子に沈みこんだ。

「いいですか、警視正。殺人を目撃した一人の少年が、恐怖から心を閉ざしているんです。目撃した事を警察に伝えようと携帯を手に取ったところ、誤って、フラッシュライトをつけてしまった。その光を殺人者に見られたのではないかと思い詰め、今まで、怯えて過ごしていたんです」

須脇は小さくうなずいた。笠門は続ける。

「ピーボに胸の内を語り、快方に向かってはいるようですが、ここで我々が動かなければ、少年をさらに傷つける事になります」

いつのまにかピーボが足元にきて、背伸びでもするように足をピンと伸ばし、デスク向こうの須脇を見つめていた。

「判った、判ったよ」

須脇は自棄気味に手を振って答えた。

「ただし、捜査は秘密裏に進めろ。間違っても、神奈川県警を巻きこむな」

「了解です」

須脇がうなずくのを見て、ピーボは床にペタンと伏せた。

「それで、何から始めるつもりだ？」

「容疑者から直接、話をききます」

四

東側の窓から射しこんできた日が眩しく、桑旗はカーテンを閉めた。

中目黒にあるタワーマンションの三十五階である。住んで五年になるというのに、いまだ何となく居心地が悪い。

眺望は素晴らしく、春ともなれば、目黒川沿いの桜並木が一望できる。変貌著しい町並みの夜景も見事で、自身が望み、そしてそれを手に入れた達成感にしばしば酔いしれたものだった。

しかし、そんな陶酔も一年とは持たなかった。どれほど素晴らしい眺望であっても、毎日見ていれば、飽きる。一年中、容赦なく日が射しこむので、日中はカーテンを閉めておかねばならない。窓を開ければ突風がふきこんでくるため、冷暖房は常に稼働状態だ。

落ち着いたら、引っ越しを考えよう。

忌まわしいあの男も消えてくれた。これからは、より自由を謳歌できる。テレビの仕事も含め、スケジュールは来年の末まで埋まっており、新刊の売れ行きも上々だ。

スリープ状態となったパソコンの画面を見つめながら、桑旗はあらためて、成功を噛みしめていた。

あれから一週間たつが、反応は何もない。寄生虫のような男が一人消えたところで、誰も興味を持ちはしないのだ。いよいよ……。

インターホンが鳴った。

午前十時。執筆が深夜に及ぶ事が多い桑旗は、朝も遅い。それを知る編集者が、この時間にアポもなく訪ねて来るはずはない。仕事関係の届け物も、必ず午後の便にするよう頼んである。室内点検か何かだろう。

無視しようと決めたが、耳障りな呼びだし音は二度、三度と鳴り続ける。

朝の静けさを台無しにされ、桑旗は憤然として壁の液晶パネルに向かう。

そこに映っていたのは、見知らぬ男だった。安物のスーツを着た、地味な冴えない風貌の男で、豪華なロビーが珍しいのか、周りをキョロキョロと見回している。

新聞か何かの勧誘だろうか。それならば、管理人が追い返しそうなものだが。

「はい」

意識せずとも、不機嫌な声が出た。

「あ、桑旗竜夫さんでしょうか」

上ずった声が響いた。どう答えたものか迷ったが、嘘をつかねばならぬいわれはない。

「そうですが」

「少々、お話をうかがいたいのですが」

「話？　そんな事より、君は誰だ？」

「え？　俺……いや自分ですか」

スーツのポケットを探り始める。

「ええっと、きちんと提示した事はあまりないもんだから……」

独り言ともつかぬつぶやきが、スピーカーを通してきこえてくる。

こんな妙な男を敷地内に入れるなど、管理人は何をしているのだろう。

「ありました」

カメラに大映しになったのは、警察の身分証だった。男の写真に加え、警視庁総務部総務課、笠門達也巡査部長と書かれている。

総務部総務課？

職業柄、警察機構についてはかなり詳しい自信があった。それでも、総務部総務課なんてきいた事もない。

「もしもーし」

笠門の声で我に返る。これ以上、沈黙を通すのは不自然だ。

「あ、警察の方が何の用です？　防犯連絡か何か？」

「内容については、直接、お話ししたいんですがね」

「……判りました、どうぞ」

桑旗はパネルのボタンを押し、一階ドアのロックを外した。

笠門が一礼して、ドアの方へと歩いて行く。その瞬間、彼の足元に、何か茶色いものがいる事に気づいた。四本足で尻尾がある。

「犬？」

映像が切れ、画面が暗くなる。

何なんだ、あの犬みたいな動物は？

玄関のインターホンが鳴った。桑旗はゆっくりと廊下を進み、ロックを外す。

ドアの向こうには、冴えない男と犬がいた。犬だ。見間違いではなかったのだ。

笠門は卑屈に身を縮め、桑旗の方を直接見ようともしない。対照的に犬は、気の強そうな面構えをしていて、今もじっと値踏みするようにこちらを見上げていた。

「それで、話というのは？」

桑旗は、あえて犬については触れず、ドア前に立ち塞がる格好で尋ねた。

「中でお願いできませんか？」

笠門が首を伸ばして、室内を覗こうとする。

「いま仕事中なんだ」

「お時間は取らせません。ここでは人目もありますから」

桑旗はきこえるようにため息をつくと、脇にどいた。

「なら入っていただこう。ただし、その犬はそこに繋いでおいてくれ」

「申し訳ありません。こいつは相棒でしてね。目を離すわけにもいかないんですよ」

訳の判らない事を言う。

「そもそも、このマンションはペット禁止だ」

「特別に許可をいただいておりまして」

「共用スペースはそれでいいだろうが、ここは私の所有物だ。私は許可しない」

「そこを何とか」

「相棒だと言ったが、つまりこの犬は、警察犬なのか？」

「いえ、厳密に言うと違うんです。こいつはファシリティドッグと言いまして……」

「とにかく、中には入れない」

「ではせめて、玄関先まで」

根負けした桑旗はしぶしぶ後ろに下がり、笠門と犬を招じ入れた。

「恐れ入ります」

笠門に続き、犬もゆっくりと中に入る。かなり大きいが、金色の毛並みが美しい。手入れも行き届いていて、臭いなどもない。

目は宝石のような光を帯びていて、尖った桑旗の心もほんのわずかに癒やされた。

「それで、用件は？」

「実はお父上についてなんです」

「父？」

とまどった表情を浮かべてみせる。

「父に……何か？」

「最近、お会いになった事は？」

「何十年も音信不通だ。その理由については、君たちの方がよく知っているだろう？」

「ええ、まぁ」

「三十年前、父は飲み屋の喧嘩で人を殺した。私が十歳のときだ。逮捕され懲役十五年の判決を受けた。刑務所でも問題ばかり起こしていたらしく、仮釈放もなし。出所したのは知っていたが、連絡などは一切、取っていない」

「それはやはり、あなたのお仕事と関係が？」

　笠門の目は警察官独特の、無遠慮なものに変わっていた。

「当然だ。父が出所したころ、私は作家としてデビューしたばかり。作品を世にだすことに必死だった。いくらミステリー作家とはいえ、父親が殺人犯というのは、いただけない」

「ずっと母方の姓を名乗っておられるのも、そのため？」

「逮捕後、母はすぐに離婚したからね。もっとも、心労がたたりその三年後に病気で亡くなった。何もかも、父が悪いんだ。で？　どうして父親の事を？」

「行方が判らなくなっていまして」

　桑旗は笑ってみせる。

「それで私の所へ？　あいつが行方不明って事も知らなかった」

「行き先に心当たりも……なさそうですな」

「無論だ」

　笠門は小さく肩をすくめ、足元で大人しくしている犬に語りかけた。

「だってさ。収穫はゼロだ」

犬はくりっとした目をほんの一瞬細め、ちょっと悲しそうな表情をしてみせる。

「父がどんな暮らしをしていたのかも知らないが、君がやって来たという事は、誰かが行方不明者届をだしたのだろうか？」

桑旗は気になっていた事をそれとなく尋ねてみた。

「まあ、そういうような事です」

笠門は妙に歯切れの悪い言い方をし、そそくさと頭を下げた。

「お忙しいところ、失礼しました」

桑旗は問いを重ねる。

「これは職業的好奇心からきくのだが、君の身分証には所属が総務課とあった。行方不明者の捜索とはいえ、通常、総務課が事件捜査に当たる事はないと思うのだが」

「さすがは作家さん、お詳しいですな。まあ、これは応援のようなものでしてね」

またも曖昧な言い方に、終始する。

「その犬も？」

「ええ、まあ。それ以上の詳しい事は、ちょっとご勘弁を」

「人に質問をするだけして、自分の事は答えない。警察らしい対応だ」

そんな桑旗のもとに、犬が近づいてきた。ふさふさの体をやんわりと寄せてきた。思わず手で頭をなでた。犬は桑旗の事を気に入ったのか、掌をペロリと舐めた。動物を飼った事などない桑旗は少々とまどったが、不快感はなかった。

犬は自身が舐めた掌を鼻で嗅いでいたが、それにも飽きたのか、ふっと笠門を見上げた。

「よし、行くか」

笠門は桑旗ではなく、犬の方を見たまま、出ていった。

鍵をかけると、洗面所で手を洗う。

何とも頼りない男だった。あの程度ならば、今後の展開がどうなるにせよ、何とでも対応できそうだ。

一方、不思議と心に引っかかるのは、犬の方だった。気持ち悪いほど大人しく、ただじっと笠門の足元に控えていた。それでいて、やけに鋭い視線をこちらに送ってきていた。

あの目。こちらの一挙手一投足を抜かりなく見張る不気味な目だ。

最後はおもねるように桑旗の手を舐めていたが、とにかく妙に気になる犬だった。

どうにも落ち着かない。

カップに残った冷めたコーヒーを流しこむと、桑旗は携帯を手に取った。

五

「手がかりは、ありませんか。やはり……」

やはり、と付け加えざるを得ないところに、飯館弓子《いいだてゆみこ》の苦しさが見て取れた。

川崎駅近くにある、古びた喫茶店だった。駅周辺の再開発からも取り残された一角で、この店だけでなく、二ブロックほど昔ながらの古い家並みが残っている。安普請のアパートや狭小住宅が軒を連ね、住人のほとんどが高齢者である。

笠門の前に座る弓子も七十近いだろうと思われる。

汚れた窓の向こうでは、ピーボが住人たちの大歓迎を受けていた。路地の真ん中でピーボを囲む老人たちの顔は、晴れやかな笑みで満ちている。

　それを見ながら、弓子は言った。

「犬っていうのは、不思議な生き物ですねぇ。みんなのあんな笑顔、久しぶりに見ましたよ。ええっと、何の話だったかしら」

「津島真さんは、いつごろからこちらへ？」

「三年になりますかねぇ。そこのはす向かいにあるアパートに越して来て。暮らしぶりはいいとは言えなかったけれど、穏やかでいい人でした」

「仕事は何を？」

「夜は、コンビニでアルバイトをしていたみたいでしたよ」

「昼間は？」

　弓子は口をすぼめ、言いにくそうに下を向く。

「何だか、告げ口するみたいで、嫌ですねぇ」

「今はどんな情報でも欲しいんです。津島さんを見つけるためにも」

「……昼間、パチンコ屋から出てくるところをよく見ました。あとは、競馬新聞を持って公園に」

「ギャンブルが好きだった？」

「腕はいいみたいだったから、まあ何とか食べていけたんじゃないですかね」

「車を持っていたんですよね？」

「あちこちへこんだポンコツをね。アパート脇の空き地に駐めてました」

「津島さんがいなくなった事に気づいたのは、いつです？」

弓子はまた悲しそうな顔で目を伏せた。

「いつも何も、まるっきり気づいちゃいませんでしたよ。最近、姿を見ないなぁってくらいで」

「津島さんは今までにも、長期間、家を空ける事が？」

「そんな事まで判りませんよ。ただ、車が何日かなくなっている時もあったから、ちょくちょく、遠出はされていたみたいです」

よく知らないと言いながらも、きっちりチェックはしている。気弱な老婦人を気取ってはいるが、なかなかに食えない相手だった。

「失礼ながら、津島さんとは、どういうご関係ですか？」

「別に何もありはしませんよ」

弓子はグラスの水を一口飲むと、続けた。

「いったい全体、どうして私の所へ？　津島さんについてきくなら、他にもいっぱい……」

「ご近所を聞き回ったら、皆さんがあなたを指名したんです」

「まぁ」

笠門は直球をぶつけてみる気になった。

「あなたと津島さんの関係はどうでもいいんです。それより、彼が元殺人犯だと、あなたは知っていたのですか？」

彼女は直球を真正面から受け止めた。

「知っていましたよ。いつだったか、酔っ払ったときにポロリとね。でも、別に気にはしませんよ。この辺りには、そういう人、けっこういますからね」

「津島さんは、地域の皆さんに愛されていたようですね」

弓子は苦笑する。

「愛されてたって言うか、まあ借金はあったようですが、金払いはそこそこいいですし、話も面白い。危ない人とのおつき合いもないようだし、ご近所さんとしては、愛すべき人ではあります。でも、それ以上の関係性はありません」

「津島さんに最近、変わった事は？」

「これといって気づかなかったけど……」

「ここでの生活に見切りをつけて、どこかに行く、とか」

「人の考えてる事なんて、判りはしませんよ。普段通りに暮らしていても、ある日ぷいっと出て行ってそれっきり。そんな事、しょっちゅうですからねぇ」

弓子の表情には、あきらめにも似た悲しみがあった。笠門は言う。

「だからこそ、相手の感情に深入りはしない。あなたなりの知恵ですか」

「私だけじゃなくて、ここの人、みんなよ」

ピーボを中心とした人の輪は、さらに広がっていた。

「だから、ワンちゃんを見て、あんな顔するのよ。みんな、子供みたいでしょう？」

ピーボは多くの人に囲まれながらも、いつものように、じっと大人しく座っている。これ以上、彼にストレスをかけるわけにはいかない。笠門はポケットから桑旗の写真をだし、弓子に見せた。

「この男性を見た事はありますか？」

弓子は目を細めて写真を睨んでいたが、やがてあきらめてメガネをかけた。

「あれ、この人、桑旗竜夫さんじゃない」

「ご存じですか？」

「当たり前でしょ。ワイドショーによく出てる。本業はミステリー作家なんでしょう？　週一回やってる情報番組で、北剛助《きたごうすけ》と書評対決するコーナーがすごく面白いの」

「テレビではなく、本人を見かけた事は？」

「あるわけないでしょ。こんな所を歩いてたら、大騒ぎになっちゃうわ」

弓子の様子に嘘偽りは見られない。津島は桑旗との関係性を最後まで、隠し通したわけだ。

「ありがとうございました」

急いで外に出ようとした笠門に、弓子が穏やかな声できいてきた。

「刑事さん、津島さんの身に何かあったの？」

「まだ、何も判らないんです」

「そう……」

彼女は笠門から目を外すと、小さくため息をつきながら肩を落とした。

津島に対する思いが、ひしひしと伝わってくる。津島と弓子の関係は、彼女が言うよりもっと近しいものであったに違いない。

席に戻り、問いただす事もできたが、笠門はそのまま店を出た。

もし笠門の来訪がなかったとして、彼女は津島の行方不明者届をだしただろうか。

恐らくださなかっただろう。津島という人間がここからふいにいなくなったとしても、誰も気にしない。いや、気にしないよう振る舞う事が、津島のためだと皆が考えている。

笠門はピーボのもとに向かいながら考えた。

大助少年があの現場を目撃しなければ、警察が津島の失踪を知る事は、永遠になかったかもしれない。

六

桑旗の目の前で、萩生田《はぎうだ》勘助《かんすけ》はコイーバをくわえ、火をつけた。

銀座の地下にある会員制シガーバーは、萩生田との面会にいつも使う場所である。身元が確かな者しか入れぬ事、店の出入りが人目につかぬ事、全部屋個室であり話の内容を人にきかれる心配がない事、そして、萩生田が無類のキューバ葉巻好きである事がその理由だった。

「珍しいじゃないか、急に会いたいだなんて」

萩生田は元警視庁刑事である。現場からのたたき上げで、捜査一課まで上り詰めた。しかし、正義感などとは無縁な男であり、道徳観念も低い。警察官を目指したのも、犯罪に魅力を覚え、暴力に憧れたからであったと言う。結局、最前線で十年働いた後、容疑者への暴力行為が発覚し、依願退職扱いで警察を追われた。その後は探偵業、警備業を渡り歩き、現在はフリーのボディーガードを仕事としている。

桑旗と知り合ったのは探偵業の取材をしている時で、警察の様々な情報や裏社会の成り立ちなどを、惜しげもなく披露してくれた。

以来、桑旗は彼と定期的に会い、小説のネタになりそうな情報を貰っていた。むろん、それなりの対価も支払っている。

現役のボディーガードだけあって、萩生田の体付きは見事なものだった。スーツを着ていても、鋼のような筋肉の隆起が見て取れる。短く刈った髪の生え際には、五センチほどの傷があり、鼻もわずかに曲がっている。

「それで、何なんだ、ききたい事って？」

「警視庁総務部総務課に、犬を連れた刑事はいるか？」

太い眉がぴくりと動く。

「何だって？」

「犬だ。犬を連れて歩く刑事だよ」

「そんなヤツ、いるわけないだろう。そもそも、総務課は原則的に捜査はしない」

「原則的という事は、例外もあると？」

「なくはないが、滅多にあるもんじゃない。それに犬連れだと？」

萩生田は左の指で生え際の傷を掻いた。彼の癖である。

「いや、待ってくれ。犬……犬か。どこかでそんな話をきいた気もする」

葉巻の濃密な香りと、換気のためのファンが回るかすかな音だけが、部屋に響いていた。

「思い出したぞ。一度、妙な噂をきいた事があった」

「噂って……」

萩生田が太い指をたて、桑旗を制する。

「待て、今、思いだしているんだ。そいつは何と言ったかな、ファ、ファンタ……いや、ファシリティ、そう、ファシリティドッグ」

「病院に常駐して、患者のケアを行う犬だろう?」

「一年ほど前、警察病院にそのファシリティドッグが導入された。ただ、そこに妙な噂があってな」

「それは?」

「刑務所や拘置所から重症の患者を警察病院に移送し、その病室にファシリティドッグを派遣する」

桑旗は膝を叩いた。

「読めたぞ。痛みで苦しんでいる服役囚に癒やし効果のある犬を近づけ、犯罪絡みの隠し事をききだそうって作戦か」

「あくまでも噂だ」

「ありがとう。助かったよ」

目の前を覆っていた霧が晴れた思いだった。

席を立った桑旗を、萩生田は怪訝そうに見上げる。

「説明してくれ。これは何なんだ? 小説の取材なんかじゃないだろう。あんた、何かあったのか?」

萩生田の目には珍しくとまどいの色が浮かんでいた。

桑旗は礼を言うと、約束の額を入れた封筒を置き、そのまま個室を出た。

表に出ると、寒風が吹きつけてくる。

コートの襟を立て、車を駐めた駐車場まで歩いて行く。

耳がちぎれそうな風の中、思い浮かぶのは、あの犬の目だった。

桑旗のもとに警察がやって来る事は、可能性の一つとして予想していた。

津島は川崎の安アパートに流れ着き、近隣住人とも良好な関係を築いていたようだった。飯館弓子という女性とは、恋人同士といっても良い間柄だったようであるし、姿が見えなくなれば、行方不明者届を提出した可能性は高い。

津島は元殺人犯だ。届けを受ければ、事件性を疑い、桑旗の所に警察が訪ねて来るに違いない。とはいえ、それはあくまで形式的な訪問に過ぎないだろう。

そんな予想をしていた桑旗にとって、笠門と犬の登場は思いがけないものだった。

思い当たるのは、父を殺害した夜、一瞬垣間見た光だ。気のせいではなかった。あの時やはり、誰かに見られたのだ。

目撃者は恐らく、旧石基医療センターの入院患者に違いない。見られたのは、歯を探すためへッドライトをつけた一分足らずの間だろう。テレビでそこそこ顔が売れているし、小説誌などに顔写真も載っている。

だからこそ、目撃される事を何より警戒したのだが……。

桑旗はすぐに頭を切り替える。

計画というのは、大抵、上手くはいかないものだ。だからこそ、第二、第三の手を用意しておく必要がある。

立体式駐車場に駐めた車をだし、銀座の街をゆっくりと走る。

彼らはまたやって来るだろう。今ごろは、新たな証拠に食らいついている頃合いか。

歓迎の準備を整えておかなければ。

そう言えば、あの犬は何という名前なのだろう。


東京駅八重洲口近くにある地下駐車場に、笠門は一人立っていた。広大な駐車スペースには、深夜の時間帯だというのに、ぎっしりと車が駐まっている。

「あれ？　お一人ですか？」

階段へと続くドアが開き、コートに身を包んだ五十嵐いずみが姿を見せた。

「ピーボは留守番だ。この時間にこの寒さだろう。さすがに連れだすわけにはいかない」

「笠門さんが離れて大丈夫なんですか？」

「総務課には動物好きなヤツが二人いてな。彼らに任せてきた。ピーボも信頼している二人だ。それより、すまないな。こんな時間に駆りだしてしまって」

いずみは爽やかに微笑んでみせた。

「いいんです。いつも地下の部屋に閉じこもりっきりですから。いい気分転換です。で、問題の車はこれですか？」

笠門の前に駐まるワゴンRを指さした。

「ああ。表だっての捜査ができないので、見つけるのに時間がかかってしまった」

「駐車料金未払いの車をピックアップしたとききました」

「横浜から東京までの主要駅近くの駐車場にしぼって調べてみた。東京駅が一番、可能性が高いと考えていたが、図星だった」

「それで、私は何を？」

「そこにいてくれるだけでいい。単独行動はなるべく避けろと須脇警視正からきつく言われていてね」

「いつも単独行動じゃないですか」

「今日は、相棒がいないから」

「なるほど」

　ピーボの代役であると知っても、彼女は嫌な顔一つしない。

「でも、何かできる事があれば、言って下さいね」

「恩に着るよ」

　笠門はポケットからキーをだし、運転席側のロックを外す。

「そのキー、どこから持ってきたんですか？」

「津島の自宅にあったスペアキーだ」

「自宅に入ったんですか？」

「昼間にね。大家に頼んだら、すぐに開けてくれた。このまま行方不明になられると、しばらくは部屋を空ける事もできない。空けたとしても、中の荷物などの処分は自分持ちだ。非常に協力的だったよ」

笠門は車に乗りこみ、運転席に座る。シートの位置、バックミラーの角度などを確認する。

「津島の身長は一六三センチ。男性にしてはかなり小柄だった」

シートはかなり前よりにセットされていて、笠門は両足を曲げ、体を縮めなければ、ペダルを操作する事ができない。

「位置関係は問題なし。カーナビはついていない。ラジオのスイッチはオフ。カーステ用のＣＤも空か……」

いずみが窓の外から車内をのぞきこみ、言った。

「津島氏以外の人物が運転していた痕跡を、探しているわけですね？」

「そう。でも、今のところは空振りだなぁ」

グローブボックス、コンソールボックス、サンバイザーを順番にチェックする。気になるものは何もない。

「さてさて、どうしたものかなぁ」

固いシートに背中を押しつけながら、フロントガラス越しに、駐車場のくすんだ照明を見上げる。

いずみは手を腰に当て、呆れ顔でため息をついている。

「笠門巡査部長って、ピーボがいないとてんでダメなんですねぇ」

笠門は苦笑して言う。

「なあ、明日の午前中もちょっと付き合って欲しいんだが」

七

早くに目が覚めたのは、やはり予感があったからだろうか。

夜が明けきった冬の空には、くっきりと澄んだ青空がどこまでも広がっている。太陽は精一杯の輝きを放ってはいるが、それでもどこか力がなく、部屋に差しこむオレンジの光も弱々しい。

リビングのテーブルにつき、コーヒーを飲む。片手間に、この一週間で読んだ本の評点をメモに走り書きした。人気の書評コーナーで取り上げる本を選ぶためだ。

一息ついたところにインターホンが鳴った。モニターにはあの男、そして足元には犬がいた。

「どうぞ」

ロックを解除する。

生活パターンの逆を突くつもりで、午前中を狙ってきたのかもしれないが、今朝は既に頭もすっきりしている。戦闘態勢は万全だ。

玄関のチャイムが鳴ると同時に、桑旗はドアを開けた。

「おはよう、刑事さん」

間近で見る笠門は、うち萎れていた。寝不足のせいか、目は落ちくぼみ、ヒゲも満足に剃っていない。スーツには皺がより、ネクタイも斜めになっていた。

「どうしたんだ、その有様は？　夜勤明けなのか？」

「ええ、まぁ、そんなようなもので。上がってもよろしいですか？」

「その様子を見ては、玄関先で追い返すわけにもいかないな。上がりたまえ。ああ、特別に、犬も許可しよう。名前はあるのかな？」

「ピーボと言います」

「ピーボね。生憎と動物をもてなすものは何もないんだ。ミルクならあるが？」

「いえ、お構いなく。彼の食べるものは、こちらで管理しているので」

桑旗は先に立ち、リビングへと彼らを招き入れた。

「ファシリティドッグについても調べたよ。凄いものだねぇ。奇跡のような事が起きているそうじゃないか」

ピーボは笠門と共に部屋に入ると、日の当たる窓際に、心を動かされた様子だ。しかし、笠門の指示で、ドア脇にちょこんと座った。

笠門は言う。

「奇跡のような事は滅多に起きません。そういう事案ばかりが取り上げられているだけです。ピーボは毎日、患者に寄り添って……」

「それは理解しているつもりだ。座って」

リビングのテーブルに誘う。編集者などとは、いつもここで話をするのだ。

木の椅子に腰を下ろしつつ、笠門は居心地悪げにそわそわとしている。

タワーマンションには、縁がなさそうだからな。もしかすると、高所が苦手なのかもしれない。

「それで刑事さん、ご用件は？」

「車が、見つかりました」

「え？」

「車です。お父上の」

「……そう。というか、父は車を持っていたのかね？」

「ええ。ご自身名義のものをお持ちでした」

「そうか。ちっとも知らなかった。で、車はどこにあったんだ？」

「東京駅八重洲口近くの地下駐車場です。記録によれば、車が駐められたのは、一月二十一日の午前七時。行方が判らなくなった時期と一致します」

「東京駅からなら、北でも南でも、どこにでも行ける。借金取りにでも追われて、逃げだした。そんなところではないかな」

笠門は軽くうなずいただけで、渋い顔で口をつぐんでいた。

話を早く進めるべく、桑旗は自分の方から切りだした。

「父の自宅には、行ったのかな？」

「ええ。ご自宅の場所は川崎の……」

桑旗は手を上げて制した。

「住所などききたくもない。君が調べた事だけをきかせてくれ」

「表向き、慎ましやかな生活をしていたようです。タバコも酒もたしなむ程度だったとか」

「表向き……つまり裏もあると？」

「ギャンブルです。近所の人によると、パチンコ、競馬に入れあげてたらしく、借金も少なからずあったと」

「やはりな」

桑旗は吐き捨てるように言った。

「返済は？」

「ギリギリのところで回していたようです。ただ、その辺の金の流れはよく判らないんですよ。津島……お父上がやっていたのは、コンビニの夜間バイトくらい。家賃やら生活費をまかなうギリギリです。賭け事に回す金があったとも思えない」

「それらに加えて、車も維持できていたわけだろう？」

「ええ。金づるがいた可能性があります」

「類は友を呼ぶ。性根が腐ったヤツの周りには、似たようなヤツが群がる。恐喝まがいの事でもして、稼いでいたんだろう。あるいは、女かな」

笠門は曖昧にうなずいただけだった。

「ほかに何かきいておくべき事は？」

「お父上の自宅近くにあるリサイクルショップできき込みをしました。いなくなる少し前、スーツケースを買ったらしいんです」

「父が自分で？」

「ええ。支払いは現金でした。自宅にはそんなスーツケースは見当たりませんでした。その上、服だの靴だのが消えていましてね。まぁ、元の状態を見たわけじゃないから、何とも言えないのですが、状況を見る限り、身の回りの物をスーツケースに詰めこんで出て行った――ようにしか見えません」

「車の件を加えると、決定的だな。借金から逃れるため、自身の意志で逃亡した。そういう事なのでは？」

「ええ」

　笠門はいったんうなずいてみせたものの、すぐに首を捻った。

「ただねぇ……」

　煮え切らない笠門の物言いに、桑旗の苛立ちは募った。おまえは俺の敷いたレールの上をただ走っていけばそれでいいんだ。どれだけ考えたところで、おまえなんかには……。

　首筋に視線を感じ、振り返った。ピーボだった。ピーボがじっとこちらに目を凝らしている。心の内を見透かされたような気がして、慌てて目をそらした。

「どうかしましたか？」

　今度は笠門が見つめていた。

「い、いや、何でもない……」

　玄関のインターホンが鳴った。

「失礼」

　救われた思いで席をたつ。モニターで確認もせず、ドアを開けた。立っていたのは、知らない顔の小柄な女性だった。

「何か？」

「あの……私、この階に住んでいる者なんですけど……」

　またかという思いで、桑旗は顔を顰める。テレビに出るようになってから、急にサインや写真を求められるようになった。住人にも、桑旗がここに住んでいる事はばれているらしく、二度ほどここまでやって来て、サインを要求された。

この女性もそれだろう。多忙を理由に断ろうとしたとき、女性の口から思いがけない言葉が出た。

「犬が入っていくのを見ました」

「え？」

「このマンション、ペット禁止ですよね」

責めるような目で桑旗を睨む。

「あ……いや、あれは、その、ただの犬じゃないんだ」

「介助犬のようなものですか？」

「ああ……とにかく、入れるに当たっては受付や警備員の許可はちゃんと取ってある」

「本当ですか？」

ぶしつけな物言いに桑旗も鼻白んだ。

「疑うなら、下できいてみるといい」

「判りました。そうします」

女性はぷいっと顔をそむけると、そのまま廊下を歩いていった。

何なんだ。ドアを荒く閉め、苛立った心を懸命になだめる。

ある程度のステイタスを得るため、ここを買ったのに、住人のレベルがこれでは、意味がない。

桑旗はリビングに戻り、笠門の前に座る。

「どうか、しましたか?」

「いや、何でもない。それで、話は何だったかな?」

「八重洲で見つかった、車についてです」

笠門の声をききつつ、何となく違和感を覚えたが、それが何であるか判らない。落ち着かない気分のまま、懸命に笠門の言葉に集中する。

「まず、車内からは何ら手がかりに結び付くようなものは見つかりませんでした。コンビニのレシートやガソリン、駐車場の領収書、その他、何もです」

「それは残念だったな」

「いえ、その逆です。ちょっと綺麗すぎるんですよ」

「と言うと?」

「先も言ったように、お父上のご自宅にもお邪魔しました。大変失礼ながら、潔癖な方ではないようで、まあ、私の家もそうなんですがね、男の一人暮らしというのは、そりゃあもう……」

笠門は部屋の中をぐるりと見回した。

「中には、あなたのような例外もいらっしゃるのでしょうが、ゴミ箱はいっぱい、洗濯物は山のよう」

「偏見だとは思うが、父に関して言えば、実にだらしのない男ではあった」

「そこです。それにしては、車の中だけが綺麗すぎるんです」

「なるほどね。失踪すれば当然、車は調べられる。それを見越して、掃除したのかもしれない」

「なら、ご自宅も掃除されるでしょう?」

「君の見解は？」

「見当もつきません」

　桑旗は苦笑するよりない。そんな事には構わず、笠門は話し続ける。

「実はもう一つ疑問がありましてね。タイヤについた土です。私が見つけるまでに数日たっていたので、タイヤは完全に乾いていました。それで、こびりついた土を採取し、鑑識で調べさせました。すると、奥多摩付近の土であると判りました」

「奥多摩か……。父には馴染みのなさそうな土地だな。しかし、その土が失踪直前についたという確証はない。少し前にドライブにでも行ったのかもしれない。そもそも何が疑問なんだ？」

「ガソリンがね」

「何？」

「ガソリンが手がかりになるかもと思ったんですよ」

　こちらの問いにまともに答えようとしない。できの悪い男に付き合うのは、心底、疲れる。

「津島さんのご近所から偶然、聞きこんだのですが、津島さんはいつも、ガソリンを満タンにしなかったとか」

「子供の頃の記憶だが、何となく覚えている。燃料は半分の方が車体が軽くなって、燃費がいい。そんな事を言っていたが」

「今でも、それを守っておられたそうで」

「くだらない。その程度の細工で、燃費は大して変わらないだろうに」

「自宅から奥多摩へ。そこから八重洲まで。そこそこの距離があります。古い軽自動車ですし、燃料が半分しか入っていないのなら、どこかで給油した可能性があります」

「それはそうだ」

「これはダメ元だったんですがね、奥多摩の国道四一一号線沿いのスタンドを調べてみました。二十四時間営業のセルフスタンドを中心に。そうしたら、一件、ヒットしました。JR白丸駅の先にあるスタンドの職員が、覚えていてくれました。セルフとはいえ、人はいるんですな」

「その従業員が父を見たのか？」

「顔を見たわけじゃありません。給油する後ろ姿をね。ただ、車の方はばっちり見ていました。お父上の車に間違いないと」

「見たのはいつなんだ？」

「それが、八重洲の駐車場に車が駐められた、六時間ほど前、一月二十一日の午前一時頃になります」

「つまり失踪する直前？」

「妙ですよねぇ。東京駅からどこかに行こうとしている人間が、なぜ奥多摩へ？」

「さあ……判らんねぇ」

迷うふりを見せながらも、既に言うべき言葉は用意していた。

「自殺するつもりだったのでは？」

笠門はニンマリと口元を緩めた。

「我々もそう考えました。津島さんは当初、自殺するつもりで奥多摩を目指した」

「だが途中で気が変わり、引き返した……か。まったくどこまで情けない男なんだか」

「私が疑問だと言ったのは、ここなんです」

笠門の持って回った言い方に苛立ちは募る。

「何だと言うんだ？」

「だから、ガソリンですよ。スタンドを出た後、津島さんはさらに奥多摩湖方向に向かったと従業員は証言しています。死のうと思っている人間が、なぜ、給油したのか」

「ガス欠寸前だったのかもしれないじゃないか。あるいは、自死を目の前にして混乱していただけかもしれない。いずれにせよ……」

あの車、と言いかけて危うく口を閉じた。笠門がじろりとこちらを睨んだ。

人と犬がそれぞれにプレッシャーをかけてくる。このコンビ、案外、あなどれないのかもしれない。

「用件はそれだけかな？」

「ええ。車の件の報告をと思いまして」

「この後、予定があるんだ。この辺にしてもらえるかな」

「お忙しいところ、申し訳ありませんでした」

笠門が言い終わった時、犬は既に彼の足元にいた。まるで言葉が判るかのような動きだ。

玄関ドアの前で、桑旗は言った。

「冷たい人間と思われるかもしれないが、父に関してはこのままそっとしておいて欲しい。どこで生き、どこで死のうと、もう私には関係のない人物だ」

「承知しました」

笠門と犬はドアの向こうに消えた。

八

「しかし、君は先だっても、この作者の『埼玉売ります』を褒めていた」

北剛助は脂ぎった顔を真っ赤にして、怒鳴り声を上げた。スタジオで向き合う桑旗は冷静にそれを受ける。

「あれは著者の新境地だ。前作の『呪いの盆』と比べてごらんなさい」

「ボクに言わせれば、『呪いの盆』こそ傑作だ。デビュー作の『壁抜け蛾』を彷彿とさせるじゃないか。最新作はダメだね」

「あなたの解釈は古いんだ。はっきり言って、老害ですよ。こうした作品の批評には、新しい視点が必要だ」

「桑旗さん、あなたにはそれがあると？　『死神の死刑台』をずいぶんと持ち上げていたが、書評、売れ行きとも、芳しくないらしいぞ」

「売れ行きを気にして批評するような俗な事はしませんよ。あなたのように、金銭でがんじがらめにはなっていないので」

北が立ち上がり、唾を飛ばしながら、がなりたてた。

「何だと！　今のは許せん。取り消せ！」

「そこまでにして下さい」

脇に控えていた司会者が進み出て、二人の間に割って入った。

「これは、書評コーナーなんです。お二人の喧嘩コーナーではないんです。まあ、こうなるのは、いつもの事ですが。では、今回のコーナーは、ここまでにしましょう」

スタジオ内の緊張が一気に解けた。桑旗は急いでステージを下り、控え室へと向かう。北は反対側のドアからスタジオを出て行く。

桑旗が週に一度、情報番組内で担当している書評コーナーの収録だ。話題の本を数冊取り上げ、書評家の北と激論を繰り広げる。二人の不仲は業界でも有名であり、番組内でも最後は必ず罵り合いになる。もっともそれが逆に人気となるのだから、世の中、不思議なものだ。

廊下を進むと、控え室のドアが並ぶ。忙しげに行き交うスタッフの間をぬい、桑旗はそっと北の控え室へと滑りこんだ。

北は汗を拭いながら、麦茶を飲んでいた。

「どうした急に？　スタッフになら見られてもまあ構わんだろうが……」

「今日の突っこみもなかなか良かったよ。後でＳＮＳにも一発、火種を投入しておくから、確認してくれ」

「判った、判った。それより、また一杯どうだ？　麻布のいつもの店で」

「いいね。スケジュールを確認する。しかし、そろそろまたおまえの別荘にも行きたいな。でかい肉を焼いたり」

「別荘って奥多摩のか？　無理、無理。こう寒くちゃ、耐寒訓練に行くようなものだ。次に行くのは、早くて四月だな。その時は、おまえにも声をかける。酒と食材をどっさり買いこんで、盛大にやろう」
「それじゃあ、当分、使う予定もないのか？　もったいないな。ま、その時が来たら、声をかけてくれ。それじゃあ」

控え室を出ると、自身の部屋には戻らず、そのままスタジオを出た。

地下駐車場に下りて行くと、車の前に笠門が立っていた。ピーボはいない。それだけで、こちらの気が随分と楽になる。

「どうしたんだ？　こんな所まで」
「奥多摩まで同行していただけませんか？」
「奥多摩？　いったいなぜ？　これから自宅に戻って仕事をしなければならないんだが」
「お父上を見つけられるかもしれません」
「父は奥多摩にいるのか？　しかし、車は八重洲の駐車場に……」
「あれは、偽装だと考えています。津島真さんは、自らの意志で姿を消したのではありません。何者かに殺害されたのです」

桑旗は感情を押し殺し、笠門を見つめた。

「藪から棒に何を言いだすかと思えば……。父が殺害されただと？　バカバカしい」

階段の方から、喋り声がきこえてきた。

桑旗は言う。

「こんな場所で話す事柄でもないな。判った、奥多摩まで同行しよう」

笠門の運転する黒のワンボックスは、法定速度を守りながら、国道四一一号線を進んでいく。

「君は父が殺害されたと言ったが、その根拠は何だ？」

「目撃者です」

桑旗は肩を竦める。

「誰が、何を見たというんだ？」

「氏名は明かせませんが、保土ケ谷にある駐車場跡で、津島さんが殺害されるところを、ある人物が目撃しています」

「殺害されたのは、確かに父だったと？」

笠門はうなずく。

「では、その人物は犯人の顔も見ているのか？」

「ええ、見たと言っています」

「それは……誰なんだ？」

「あなたです」

「私？　それはおかしい。申し訳ないが、その目撃者はまったくの思い違いをしている」

「こちらも素人ではないんでね。慎重に裏取りもしました。その上で、捜査を進めています」

「しかし、私は殺していない。それどころか、父がどこに住んで、何をしているのかも知らなかった」

「津島さんには、いくつか腑に落ちない点がありましてね」

桑旗の言葉を無視し、笠門は続ける。

「彼は夜間のコンビニでバイトをして、生活費を稼いでいました。ところが、銀行口座を調べてみるとですね、バイトの収入以外にも、定期的な入金があるんですよ。津島さん本人が自分で入金しているんですが」

「日雇いとか、直接払いの仕事をしていたんじゃないのか？」

「力仕事ができるような人ではないと、近所の皆が口を揃えて言っていました」

「力仕事とは限らないだろう。私も取材で様々な人に話をきいてきた。人間は逞しいものだよ。中には血を売ったり、治験に参加したりしてそこそこの金を稼ぐ者もいた」

「恐喝まがいの事をしているって言ったのは、あなたでしたね」

「可能性の一つとして言っただけだ」

「しかし、長年の刑務所暮らしの後、一人で比較的地味な生活を送っていた人物です。人を脅すネタなんて、そうそう見つからないのでは？」

「ムショ仲間にきいたか、とにかく、刑務所時代に情報を仕入れたのかもしれない」

「それにしては、要求金額が少ないんです。それに脅された方も、毎月、継続して払っている。脅す方も脅される方も、ちょっと人が好すぎますな」

「この際、持って回った言い方はやめてくれ。ずばり、君の考えをきかせてくれるか？」

「金の出所はあなただ。父親が息子に生活費を工面してもらう。津島さんにとって、恐喝という意識もなかったんじゃないですか？」

「私は金など払っていなかった。その上で言わせて貰うが、私の人生は父のせいで一度、たたき壊された。今の栄光は自分の力で、一から摑んだものだ。父がどう思おうと勝手だが、たとえ無心されたとしても、びた一文、渡す気はないね」

「そこですよ。津島さんにとっては身内に金の無心をしているだけだった。しかし、あなたにとっては、恐喝に等しいものだった。そこに積年の恨み。動機になりますな」

「君がどう言おうと、私は否定するだけだ。目撃者の証言は見間違いであるし、私は父と最近、会った事はない。父はギャンブルに入れあげた挙げ句、借金取りから逃げるため、身を隠した。そう考えている」

「ようやく着きましたよ」

車が止まる。曲がりくねった山道をとばし、着いた先は警察車両数台が並ぶ、細い私道だった。周囲は鬱蒼とした木々に囲まれていて、風は身を切るほどに冷たい。

白い息を吐きながら、笠門は言った。

「奥多摩へようこそ。ここは私道でしてね、向こうに見えるのが国道四一一号線です」

国道から私道への入り口には、鎖が張ってあり、「私道につき立入禁止」の看板が立っていた。

「ここでいったい、何が始まるんだ？」

私道の先には朽ちた民家があり、その先は緩やかな斜面になっている。多くの警察官がそこここに散らばり、落ち葉の積もった地面の上を何か探すように慎重に行き来していた。斜面の向こう側からは、警察犬と思しき鳴き声もきこえる。

「まさか、遺体の捜索をしているのか？」

「そこの私道の入り口脇には、カメラがありましてね。秋口に不法侵入が続いたとかで、管理者が設置したんだそうで。一月二十日深夜、この私道に入っていく津島さんの車が映っていました」

「カメラ？　そんなもの、何処にも見えないが？」

「木の陰に上手く隠してあるんです。車が入っていった一時間後、国道方向に出ていく同じ車が映っていました」

「父の車が深夜にここへ来て、一時間後に出ていった。それがカメラに記録されていたと？」

「ええ。我々は犯人が津島さんの遺体を、この付近に埋めたと考えています。いま行われているのは、その捜索です」

笠門は桑旗を横目で見ると、乾いた声で言った。

「遺体が見つかったら、確認していただく必要があります。ここで少しお待ちいただけますか？」

「断る。すぐに自宅へ戻りたい」

「遺体が出れば、死亡推定時刻や死因も判明します。新たな証拠も出るでしょう」

「それは……どういう意味だ」

「何か、私に言いたい事は？」

桑旗は奥歯を噛みしめ、首を横に振った。

「そうですか……。ではここで、少しお待ちいただくよりありませんな」

笠門は悲しげに足元を見つめた。

撤収が始まったのは、日が暮れ切った直後だった。周囲は暗闇に包まれ、各自の持つ懐中電灯の光がそれぞれの周囲をぼんやりと照らすだけだ。

桑旗の座るワンボックス内は、外気とほぼ変わらない、凍えるような寒さだった。エンジンを切られてしまったのでヒーターをつけるわけにもいかず、防寒着のファスナーを閉め、手足をこすり合わせながら、懸命に耐えた。

肩を落とした笠門がやって来た。憔悴しきった顔が、すべてを物語っている。

桑旗はドアを開けて外に出る。

「結論は出たのかな？」

笠門は無言のままうなずく。

「遺体は出なかった。そういう事か？」

「……ええ」

桑旗は平手をウインドウに叩きつけた。

笠門は深々と頭を下げた。

「何とも、申し訳ありません」

「ここで君に何を言っても仕方あるまい。ただし、今回の件は弁護士を通じて、厳重に抗議するつもりだ。マスコミに対して声明もだす。覚悟はしておいてもらおう」

「はい……」

「では、自宅まで送ってもらおうか。いや、君の車に乗るつもりはない。誰かほかの人にお願いしたい」

鑑識の制服を着た男性が一人、近づいてきた。

「笠門さん、こりゃないよ。絶対間違いないっていうから、こっちは、警察犬まで連れて……」

「本当にすまなかった」

鑑識課員は桑旗にも一瞥をくれると、怒りを隠そうともせず、足音荒く遠ざかっていく。

笠門はうなだれたまま、いつまでも動こうとしなかった。

桑旗は言った。

「あんた、ピーボがいないと、まるでダメなんだな」

九

零時を回り、風がやや強まってきた。明日からはまた雪になる予報だ。空は雲に覆い尽くされており、星の姿はない。

デイパックを背負った桑旗は、スーツケースを引きずりながら、斜面を登る。私道の入り口にカメラが設置されている事はとうに気づいていた。だから、百メートルほど手前で車を降り、雑木林の中に分け入った。そのまま道なき道を進み、いま、ようやく目的の場所の前まで来た。地面は落ち葉に覆われてはいるものの、木の根や石が少ない事が幸いした。

予定より十分ほど早く、朽ちた古民家の裏に出る。

ここで一斉捜索が行われたのは四日前の事だ。笠門の顔は見物だった。

デイパックを下ろし、中から折りたたみ式のスコップをだす。地面はいま、冬の寒さでスーツケースを埋めるだけの穴を掘るのは、ひと苦労だろう。

それでもやらねばならない。

本来はもう数日、待つつもりだった。それが昨夜、北剛助から電話があり、急遽、奥多摩の別荘を使う事になったという。仕方なく予定を早め、今夜の決行となった。

これで終わりだ。津島真は永遠の逃亡者となる。

スコップを地面に突き立てた時、真正面から強烈な光が浴びせられた。雑木林の間に、巨大な投光器が二機、設置されていた。桑旗は手で目を覆いつつ、巨大な白い光の中に男のシルエットが浮かび上がるのを見た。

笠門は横倒しになったスーツケースの脇に立つと、手を合わせて黙禱する。その後ろから、金色の毛をたなびかせたピーボが現れた。笠門に倣い、スーツケースの前でぺこんと頭を垂れる。

桑旗はスコップを手放し、その場に座りこんだ。足の力が抜け、どうしても立つ事ができない。

「北に電話させたのは、あんたか」

「ええ。いつまでも待っている訳にはいかないので」

「この間の一斉捜索は、茶番か……」

「ピーボのためだからと、みんな協力してくれました」

ピーボは得意げにふいっと鼻で天を指した。

「最初から、これが狙いだったのか？」

「あなたが津島さんを殺害した事は、目撃証言から判っていました。ただ遺体が出ないと、こちらとしても手がだせない。それであなたの出方を見る事にしたんです」

「父が殺害されれば、まず疑われるのは私だろう。だから失踪と見せかける事にした。だがたとえ失踪であっても、当然、私は調べられる。そして父が見つかるまで、疑われ続ける」

「そこであなたは、二重三重に餌をまき、自身を捜査圏外に置こうとした。ガソリンスタンドで目撃されたのもわざと。運転していたのは、あなたでしょう？　私道入り口のカメラに映ったのもわざとだ。遺体があると思わせ、ここを捜索させる。遺体が出なければ、警察の大チョンボとなり、事件は失踪という形で決着する」

「そしてその同じ場所に死体を埋める。一度探した場所をもう一度は探さない。我ながら、うまく考えたと思ったのだが」

「最初は殺害後すぐ、どこかに埋めたと考えた。だが初めてあなたを訪ねた時、ピーボがあなたの手を舐めたでしょう」

「ああ」

「あなたの手は綺麗でした。地面に人一人埋めるのは、重労働です。スコップを使ったとしても、手はボロボロになる。数日たっていたとしても、あのように綺麗な状態ではいられないはずだ。つまり、遺体はまだ埋められていない」

　桑旗は呆気にとられて、ピーボを見た。

　この犬に、してやられた訳か。

「二度目にあなたを訪ねたとき、女性が苦情を言いにきましたね。あの女性、実は我々の同僚で五十嵐いずみと言います」

「同僚？　なぜ、そんな事を？」

「あなたに席を外してもらいたかったのです。我々はあの時、遺体は部屋のベランダに保管してあるのでは？　と考えていまして」

「ベランダ？　なるほど。吹きさらしの高所であるから、凍りつくような寒さだ。遺体を保管しておくには絶好の場所だな。それで、確認はしたんだろうな？」

「ええ。当然、空振りでしたが。ただその際、ピーボがリビングのテーブルに乗ろうとしましてね。慌てて止めたんです。そのとき、テーブル上のものが少し動いたので、すぐ元通りに」

　テーブルに戻った時に感じた違和感。その正体はこれか。笠門は続ける。

「その時、あなたの走り書きのメモが偶然、目に入りました。先日、放送していた書評コーナーです。北さんとの激論はすさまじいものでしたが、その時、気づいたんですよ。デスク上にあったメモと、放送で話している内容に違いがある事に。放送では『呪いの盆』をけなし、『埼玉売ります』を褒めていらした。ですが、メモでは逆になっていました。そこでふと考えついたんです。もしかすると、あなたと北さんは昵懇の間柄ではないのか。番組の中で犬猿の仲を演じているだけなのではないか。試しにスタッフなどに聞きこみを行ったのですが、全員に否定されました。ただ念のため、北さんの周辺を洗って見ると、奥多摩に別荘をお持ちだ。しかもよく、友人知人を招いて盛大なバーベキューパーティを開かれるらしい。となれば、食材を保管する大きな冷蔵庫、冷凍庫もあるのではないかってね」

「お見事。お見事だよ」

「あなたが、犬猿の仲である北さんの別荘に遺体を隠すなんて、誰も考えませんからね。ですが友人同士であるのなら、例えば玄関の合鍵を作るのも容易だし、警報器を解除する事だってできるはずだ。冬は寒いので使っていない事も確認済みだったんでしょう？」

笠門は悲しげな目でスーツケースを見下ろした。

「スーツケースを買うお金も、あなたが？」

「和解して一緒に暮らそうと言ったら、大喜びしてスーツケースを買いにいった。中に詰めこまれていたものは、既に処分した。あと、少しだったんだがね……」

もう反論する気力も残っていなかった。

「ファシリティドッグは、デリケートなものなんだろう？　こんな時間に、こんな寒い所に連れてきて、大丈夫なのか？」

「おっしゃる通りです。留守番してもらおうと思っていたのですが、どうしても行くと、こいつが」

彼はシャンと四つ足で立ち、精悍な顔つきで桑旗を見ていた。

「病院では医療スタッフとして活動するときくが、ピーボには刑事の方が向いているんじゃないかね」

笠門は困ったような顔付きになり、ピーボを優しくなでた。

「いや、ピーボは優秀なファシリティドッグなんです。本当は、こんな事させちゃいけないんです」

最終話　犬はともだち

一

車椅子に座ったまま、井上《いのうえ》連《れん》は細い腕をぐっと前に伸ばし、ゲンコツをピーボに突きつけた。本人は当てるつもりだったのだろうが、ピーボがわずかに頭を後ろにスウェーさせたので、拳は鼻先数センチのところで止まった。

「どうだ、俺のパンチ！」

連は得意げに身を乗りだし、精一杯の声で笑ってみせる。しかし、口元がマスクで隠れているため、本当の表情は判らない。顔色は悪く、目も落ちくぼんでいる。

「ほらほら連君、ピーボがびっくりしてるじゃない」

車椅子を押す看護師が明るく言った。

ピーボは、車椅子の周りを、いつになく活発に動き回っている。まるで連を挑発しているみたいだ。

「くっそぉ、ピーボ、もうちょっとしたら、おまえより速く走ってやる。そしたら、俺の鉄拳で、ぶっ倒してやるから」

ピーボはピタリと動きを止め、耳をハタハタと動かしながら、じっと連を見つめた。

「おっ、やる気かよ。逃げんなよ」

連は上機嫌だ。今度はやさしく腕を伸ばし、ピーボの頭をなでた。

笠門はそんな様子を少し離れたところから見つめていた。すぐ横には、看護師長の畠中がいる。

「連君、今日は調子いいみたいだな」

畠中は険しい表情を崩さない。

「ピーボが来てくれたからよ。状態はよくない」

「急性白血病の生存率は飛躍的に上がっているのにな……」

「それでも、百パーセントじゃない。彼のような子もたくさんいる」

「厳しいのか？」

「認めたくないけれど」

最新の医療設備を持つこの小児科病棟でも、命を落とす子供たちは決して少なくない。子供たちが元気に回復していく様子に、笠門も日々、勇気と希望を貰っている。一方で、退院する事なく命を落とす子供を見るのは、身も心も押しつぶされる思いだ。

笠門のデスクには、自宅に帰る事ができなかった子供たちの手紙や絵が入っている。病院を去るとき、あるいは葬儀の席で、両親がそっと手渡してくれたものだ。それらに記されているのは、いずれもピーボへの感謝の気持ちだった。

たとえ助からない命であっても、その瞬間まで、少しでも幸せな気持ちでいられるように――。

笠門とピーボに与えられた使命の一つでもあった。

「じゃあ、ピーボ、またな」

手を振りながら、連の車椅子が遠ざかっていく。その姿が廊下の角に消えるまで、ピーボはじっと見守っていた。

畠中は気持ちを吹っ切るように短く息を吐くと、事務的な調子に戻り、笠門に告げた。

「このあと、七階に行ってくれる？　緊急の面会が入ってる」

「叶田《かのうだ》稔次《ねんじ》、七十三歳。病名は……急性の消化不良？」

七階受付の女性警察官浜尾は、ファイルに目を落としながら、うなずいた。

「本日午後、外来で内科を受診。胃痛を訴えたため、問診と血液検査を実施。異常は認められず、胃酸分泌抑制薬を処方」

「異常は認められずって、それじゃあ、どうして入院してるんです？」

「叶田は元情報屋です」

「じょうほうや？　それはつまり、警察の犬だったって事ですか？」

足もとのピーボが酷く剣呑な目つきで笠門を見上げた。

「そんな目で見るなよ。おまえをバカにしたわけじゃない」

ピーボは不満げだ。

「それはそれとして、情報屋だったら、なぜ、消化不良で入院できるんです？」

「須脇警視正からの特命です。元情報屋が受診した場合、病状にかかわらず特別病棟に入院させ、ピーボの尋問を受けさせるように、と」

「相変わらず、薄汚れた事ばかり考えるんだなぁ。なるほど。彼ら、情報の宝庫だからな。それに持っている情報をすべてこちらに流しているとは限らない。重要情報を秘匿している可能性もある」

浜尾はパタンと音をたててファイルを閉じる。そこまで判っているのなら、口を閉じて職務に邁進しろという訳だ。

笠門はピーボの首輪をマイク付きのものと交換し、特別病棟内に入った。ナースステーションの看護師長柴田と目で挨拶を交わす。

叶田が入院しているのは、七〇二号だ。廊下の真ん中に立つ警備の警官に会釈し、部屋の前に立つ。

開けっぱなしのドアの向こうでは、白髪頭の痩せた男が、ベッドの上で身を縮めてうめいていた。点滴などの治療はまったく行われていないようで、ベッド周りには何の機器も置かれていない。

薬を処方するだけで帰宅させるべき男を、情報収集のためだけに、留め置いている。犯罪捜査のために必要な事なのかもしれないが、やはり須脇の強引なやり方には、抵抗を覚えた。

笠門はピーボのリードを握ったまま、ベッド脇に立つ。

額に脂汗を浮かべた男は、薄く目を開いて、こちらを見上げた。

「あ、あの、薬は飲んだんですが、さっぱりよくならなくて……いてて」

笠門の事を医師だと思っているようだ。

「ああ……もう少ししたら薬が効いてくると思う。ええっと、こうした症状はよく出るの？」

「ここ何年かはずっと。二、三ヶ月おきくらいにこうなるんです……いててて……」

「かかりつけの病院は？」

「そんなものはありませんや。それにいつも二日ほど我慢すりゃ、治まっちまうんで。今回は、炊きだしの列に並んでる時にさしこみだしたんで、ボランティアの人がね、病院、連れてってくれたの。そしたら、どうしたわけか、ここを紹介されて」

喋っていると気が紛れるようだ。きかれもしないのに、一人で喋っている。

ファイルから得た情報によれば、住所は不定。現在はホームレス状態で、荒川近辺で寝起きしているらしい。かつては日払いの力仕事で生計を立てていたようだが、最近は足腰も言う事をきかなくなり、集めた雑誌を路上で販売するなどして、日々を凌いでいるとあった。

「多分、神経的なものだね。昔の悪業の祟りっていうのかね」

苦痛の中にあるにもかかわらず、男――叶田稔次には、乾ききった明るさがあった。その日暮らしの窮乏を語る口調も、どこか他人事のようだ。

根っからの楽天家なのか、それとも、人生を既にあきらめているのか。

「いててて」

叶田はまた、腹を押さえて体をくの字に折った。ピーポが笠門の脇を抜け、ベッド脇に座った。

叶田も彼の存在にようやく気づいたようだ。

「あ、あれ……犬⁉」

両手が伸びて、ピーボの顎を優しく包みこんだ。

「あれぇ、こんなでかくてかわいい犬に病院で会えるなんてなぁ」

ピーボは頭を左右に揺らし、甘えているかのような仕草をする。

「へえ、かわいいねぇ。おまえに触ってたら、痛いのなんか、飛んでいってしまうよ」

頃合いと見て、笠門はそっと部屋を出た。イヤホンを耳に入れ、廊下の壁にもたれかかる。

「毛が立派だなぁ。黄金色じゃないか」

叶田は興奮気味の声で、ずっとピーボに語りかけている。しかし、内容はたわいもない事ばかりで、須脇の耳に入れるような話はまったく出ない。

叶田が過去に何をしでかし、なぜ、警察の情報屋となったのか。笠門は何も知らないし、知りたいとも思わなかった。

今の叶田は、道をはずれてしまった哀れな老人だ。

警察と縁を切って大分経つに違いない。今さら、有益な情報を持っているとは、到底、思えなかった。

規定の三十分が過ぎた。さすがの叶田も話し疲れたのか、今はただ黙ってピーボを愛おしげに見つめている。

笠門はいつものように、独断で五分、延長した。ピーボの負担が増して申し訳ないとは思うが、あの老人にわずかでも癒やしの時間を与えてやりたかった。

五分が経ち、部屋に入ると叶田は寝息をたてていた。薬が効き痛みが治まったのだろう。

ピーボは笠門の指示に従い、ベッドから離れた。

「よくやったな、ピーボ」

そう言って、笑いかける。いつもは得意げに顔を上げるピーボだが、今日はまだ叶田のベッドに未練があるような様子だ。どことなく悲しげな目でふっと彼の方を振り返った。

それを合図にでもしたかのように、叶田の眉間に皺が寄り、苦しげな表情となった。

痛みがぶり返したのかと慌てたが、彼はまだ深い眠りの中にいるようだ。

夢でも、見ているのか？

「……だ……おまえ……」

振り絞るような声が、食いしばった歯の間からもれた。

ピーボがどうする？　といった表情でこちらを見上げる。

起こすべきか。それとも……。

「……すんじゃねえ！」

廊下にまで響く声だった。警備の警官が何事かとのぞきに来る。手で合図を送り、外に留まるよう指示した。

鎮痛剤のせいで、悪夢や幻覚などを見る患者もいるときく。

「俺……ああ……」

笠門は予感を覚え、警官に部屋から離れるよう指示すると、ドアを急いで閉めた。

「警官のくせに……」

叶田の言葉は、徐々にはっきりと形を成してきていた。

「おまえが……殺した」

叶田は苦しげに顔を歪め、あおむけになった。そして、言った。

「須脇……」

二

「それで……笠門巡査部長はどうしたんですか？」

警察病院の待合室に併設されているカフェコーナーで、笠門は五十嵐いずみと向き合っていた。

「どうって何が？」

「報告ですよ。須脇警視正に報告したんですか？」

「……してない。できるわけないだろう」

「でもそれって、まずくないですか？」

「まずい。かなりまずい」

「録音した音声は？」

「コピーを取った後、問題の部分を消去して警視正に渡した」

「うーん」

「別に問題はないだろう。叶田が口走ったのは、寝言だぞ。こっちの職務には直接関係ない寝言を消去しても、問題はないだろう」

「理屈はそうですけど」

「ピーボだって、文句は言わなかった」

「ホントですか？　ちゃんと、ピーボにきいてみました？　彼の目を見て？」

そう念を押されると、今ひとつ確信はない。

「いくら問題でも、犬の意見まできく事はないだろう」

「ピーボは今、どこにいるんです？」

笠門は一人だった。

「小児科病棟の休憩スペースでのんびりしている。所定の休憩を取らないとダメなんだ」

いずみはアイスコーヒーの氷をカラカラといわせながら、ストローの先を指先でピンとはじいた。

「それで、これからどうするんです？」

「どうしようか」

「あきれた。まだ決めてないんですか？」

「君が言わんとしている事を当てて見せるよ。笠門さんって、ピーボがいないと、ホント、ダメなんですね」

「それ、もう十回くらい言ってます」

「この間の事件の時も言われた」

「しょげないで下さい」

「しょげてない。とにかく、今はこれからどうするかより、情報が欲しい。だから、君に頼んだんだ」

いずみは心得たりといった顔で、バッグの中からファイルを取りだす。

「でも、身内の事を嗅ぎ回るのって、気持ちのいいものじゃないです。それに、もしばれたら、私、クビかも」

「編纂室のパソコンからだと、どんなデータにもアクセス可能なんだろう?」

「ええ。なぜかは判りませんけど」

「アバウトだなぁ。よく情報漏洩が起きないもんだ」

「使ってるパソコンは特殊な仕様なんで、絶対に大丈夫です。それでは、これを」

いずみはため息とともに、ファイルをテーブルに置いた。

「いつもはデータですが、今回は紙で渡すのが一番安全と考えました」

笠門はファイルをパラパラとめくっていく。中に網羅されているのは、須脇警視正の履歴だ。

いずみが言う。

「キャリアの履歴としては、びっくりするくらい、平凡ですよ」

「須脇の家は警察一家だったよな。爺さん、親父、兄貴、みんな、警察官だ」

「その辺は押さえているんですね。おっしゃる通りです。祖父は警察庁の総括審議官、父親は警察大学校校長まで務めて退職しています」

「バリバリのエリート家系だよな。兄貴は警備局担当の審議官。しかし、それに比べると、警視庁総務部総務課の課長ってのは、激しく見劣りする」

「あまり出世には興味がなかったようですよ。組対部の管理官時代には捜査内容に口をだし、現場から内々でクレームを上げられていますし、有楽町警察署の署長時代には、薬物密売組織の壊滅に尽力する一方で、強引な捜査を自ら主導し、何度か叱責を受けています」

「優秀っていうより、ただの変わり者だな。家柄という後ろ盾がなければ、とっくに辞めさせられている」

「ただそれなりの成果は上げています。警視庁のキャリア管理官たちと組んで、警視庁の組織改革や新部署を立ち上げたりしているんですが、それらはどれも驚くような実績を上げています。動植物管理係とか、無罪事案の再捜査とか、山梨県警と組んで立ち上げた樹海専門対策班とか。あと、私のいる資料編纂室もお忘れなく」

「驚くような実績に、警察病院のファシリティドッグは入ってないのか？」

いずみは「うーん」とかなり間を置いてから、うなずいた。

「そうですね。ピーボは確かに超優秀ですし」

「ピーボはって言い方が気になるが、とにかく、須脇という男は、基本的に優秀な人物ってわけだ。プライベートはどうだ？」

「ずっと独身を通しています。見合いの話などもかつてはたくさんあったようですが、すべて断っています」

「現在、須脇家との関係は？」

「ほぼ絶縁状態と考えてよいと思います。須脇家が警視正を庇うのは、あくまで家柄の名誉を保つためのようです」

「時代錯誤なこったなぁ。しかし、きけばきくほど、何だか警視正の味方をしたくなってきた」

「私もです」

「あんないけ好かない野郎なのにな」

「ええ……あ、いえ、わ、私は別に……」

「いま、うなずきかけたじゃないか」

「ないです！」

「いいから、いいから。あの唐変木には黙っていてやるよ」

「唐変木って、何時代の言葉使ってるんですか」

「古きよき昭和だよ。それで？　資料編纂室エースの五十嵐巡査の持ってきた情報がこれだけって事はないよな」

　笠門は指でテーブルをトントン叩く。

「エースと言っても、一人だけですけど」

　彼女はファイルを笠門からひったくると、中ほどのページを開いてみせた。

「当然ではありますが、警視正が個人的に殺人などに関わった記録は皆無です。スキャンダルとか不祥事も同様です」

「面白みのない男だからね、彼は」

「ただ一つだけ、今から十一年前、警視正が管理官だった時、気になる事案がありました」

「管理官なら階級は警視の頃か」

「管理官なのに、しょっちゅう現場に出ていたみたいですねぇ。それで、担当した事案の中に、北上野署管内での薬物密売組織の摘発があります。厚生労働省の麻薬取締部とも協力態勢を敷き、摘発は大成功でした」

「その件なら、覚えているよ。麻薬犬も大活躍したな」

「その捜査終盤、北上野署生活安全課薬物対策係の刑事が一人、自殺しています」

「忍足《おしだり》武彦《たけひこ》っていう警部補じゃなかったか。当時は社内でも話題になった」

「ええ。都内の雑居ビル屋上から飛び降りて亡くなっています」

「自殺ってのは、間違いない？」

「書類上はそうなっています。亡くなる数ヶ月前から体調を崩し、ミスも目立っていたとか。激務からくる精神的なものではないかと、職場の同僚たちは言っていたそうです」

「遺書は？」

「見つかっていません」

「須脇と関連づけるには弱いな。それに自殺と断定されているわけだから……」

　笠門は言葉を切る。こちらを試しているような、いずみのよく光る目が気になったからだ。

「持ってるカードは、さっさと全部だせよ」

「叶田さんって、元情報屋だったんですよね」

「ちょっと待て。まさか……」

「彼を使っていたのが、忍足警部補だったようです」

「何てこった」

　須脇、叶田、忍足――ここまで揃うと三人の関係性を追うしかなくなる。

　いずみはちょっぴり不安げな様子で、尋ねた。

「それで、これからどうするんです？」

「当人にきくしかないだろうな」

「警視正にきくんですか⁉」

「違う。叶田の方だよ。痛みも治まったんで、今朝、退院させたんだとさ。俺が来た時には、もういなかった。ヤツの居所、判るか？」

「そうくると思って、一応、調べておきました」

「さすが」

新たに手渡されたファイルを持ち、笠門は立ち上がる。

「ピーボもお目覚めの頃合いだ。ボチボチ、行くよ」

三

荒川の河川敷は、まぶしいばかりの緑に覆われ、整備された遊歩道には、のんびりと散歩を楽しむ人々が行き交っていた。

いずみが調べた情報によれば、叶田は数年前まで台東区山谷地区にある簡易宿泊所で寝起きしていたらしい。だが体調を崩して仕事に出かけられなくなり、そこも引き払わざるを得なくなった。支援団体などの援助で、しばらくは山谷付近で寝泊まりを続けていたらしいが、ついにホームレスとなり、荒川の河川敷に流れ着いた。

しかしいま、叶田はおろか、ホームレスの影すら見えない。

昨今、世間の目や警察の介入などを避けるため、昼間は別の所で過ごし、夜になると河川敷にやって来る者が多いとも聞く。確かに、かつて新宿や隅田川沿いに並んでいた段ボールハウスは、最近、とんと見かけなくなった。

　さて、ではどうやって探せばいいのか。

　笠門の横でピーボも困ったようにクフンと鼻を鳴らした。

「おや、かわいいワンコだね」

　自転車を押す高齢の女性が、足を止めてこちらを見ていた。薄手のカーディガンをはおり、真っ白になった髪を後ろで束ねている。自転車のカゴには、ナイロン製のトートバッグがあり、中から大根と卵のパックが顔をのぞかせていた。

「すごい毛だ。綺麗なものだねぇ」

　自転車のスタンドをたてた女性は、カゴにバッグを残したまま、ピーボに向かって手をだした。ピーボはその節くれ立った指先をじっと見つめるだけだ。

「あれ、大人しいんだね」

　女性はピーボの正面にしゃがんだまま、ニコニコと微笑みながら、ただ彼を見つめていた。

「この辺りにお住まいなんですか？」

　笠門はたずねた。彼女はピーボから目を離す事なく答えた。

「ああ、そうだよ」

「買い物の帰り？」

「そう。卵は川の向こうのスーパーが安いんでね。ひとっ走り行ってきたところさ。それで、名前は何ていうの？」

「笠門です」

「あんたじゃない。犬さ」

「ピーボ」

「妙な名前だね」

「本人は気に入ってるみたいです」

ピーボは同意を示すように、女性の指先にツンと鼻を当ててみせた。

「そうかい。ならよかった」

自転車にまたがろうとする女性に、笠門は言った。

「人を探しているんだ」

女性は自転車を支えながら、そっけなく答える。

「知らないね」

「まだ名前も言ってない」

「無駄さ。何しろきく気がないからね」

「気になったんだろう？」

「……何が？」

「犬を連れた見知らぬ男が、ぼんやり立っているのが」

女性からは、殺気にも似た鋭い緊張感がほとばしっていた。それは眼前のピーボも感じ取ったはずだ。突きだしていた鼻を下げ、ぐっと顎を引くのが判った。

「おやおや、よくできた犬だね。こっちの気を読まれてる。飼い主の気持ちが伝わってるんだね」

「飼い主じゃない。相棒だ」

ピーボは女性の傍をするりと離れ、笠門の横に立つ。

その動きを目で追いながら、女性は自転車を押し、歩き始めた。

「邪魔したね」

「気になったから、声をかけたんじゃないか？」

女性の足が止まる。笠門は続けた。

「あんたは知らない人間に声をかけるような気さくな性格じゃない。用心深い……いや、失礼な言い方を許してもらえれば、疑り深い」

「本当に失礼なヤツだね。私はただ犬が好きで、声をかけただけさ。あんたにじゃない、犬に声をかけたんだ」

「どこの誰とも知らぬ男の飼い犬の前に、すっと手をだす。ずいぶんと不用心じゃないか」

女性ははっとしたように、サドルを握る手を見つめた。

「あんた、知っていたんじゃないか。ピーボを」

笠門は彼女に一歩近づく。

「知ってるんだろう？　叶田の事も」

女性は無言である。顔をそむけてしまったため、表情を見る事はできないが、うなだれた彼女のうなじを見れば、結論は明らかだった。

「叶田は、どこにいる？」

顔を上げた彼女からは角が取れ、諦めと後悔がそれに取って代わっていた。

「知らない。本当だよ。昼過ぎから姿が見えないんだ。心配して見に来たら、あんたがいたってわけさ」

「俺とピーボの事は、叶田からきいたんだな」

彼女はうなずく。

「腹のさしこみが酷くなって、昨日、病院に担ぎこまれたって。そこで妙な犬と会って、話をした。そんな夢みたいな事を喋ってた。大きくて、毛が長い。その毛が金色に光っているんだって。すごく大人しくて、さわっても吠えたりはしない。優しい目をしていて、傍にいるだけで楽になる」

彼女はピーボを見る。

「その通りの犬がいきなり目の前にいたからさ、つい、声をかけちまったんだよ」

一度は離れたピーボが、また彼女の傍へと歩み寄っていった。

「おや、また来てくれるのかい」

女性は目を細めた。

「叶田さんの調子はどうなんだい？」

「腹痛は治まったみたいだよ。今朝は元気に歩いてたけどねぇ」

「昼間、彼はどこにいる？」

「橋のたもとあたりに自転車を止めて、拾ってきた雑誌とかガラクタを並べて売ってるよ」

「夜は？」

「気候のいい今ごろは、この辺にシートを敷いて寝てる」

「集まって暮らしたりはしないのか？」

「最近はいろいろとうるさくてね。すぐに通報がいって、警官がやって来る。危ない若いヤツも増えたし、なるべく目立たないように暮らしてるのさ。南に行ったところには、市が買い上げたまま放置してる場所がある……何だったっけ……そう、グレーゾーンだ！　見て見ぬふりしてくれる場所の事さ。この間までは、そこに二十人近くが生活してた。でも、そん中に人殺しが交じっているのがバレてね。刑事が踏みこんできて大捕物をやった挙げ句、みんな散り散りだよ」

女性は笠門にではなく、ピーボに向かって、訥々と語っていた。

「私はいま、支援団体が借りてくれたアパートで、友達と一緒に暮らしてんだ。今日の晩ご飯は私の当番でね。それで買いだしに行ってきたのさ」

「それで、叶田についてなんだが……」

「ああ、いけない。寄り道が過ぎちまったね。ピーボって言ったかい。おかげで元気が出たよ。またどっかで会えるといいね」

女性はそう言って微笑むと、素早い身のこなしで自転車にまたがり、あっと言う間に走り去ってしまった。笠門の方など見向きもしなかった。

笠門は苦笑しつつ、ピーボの頭をなでた。

「さて、橋の方に行ってみるか」


アーチ型の巨大な白い橋は、整備の行き届いた河川敷の緑とよくマッチしていた。広い歩道と二車線の道路。車はひっきりなしに通るが、人の方はそれほどでもない。

手すりに立てかけるようにして、古びた自転車がポツンと置いてあった。川面に反射する光の中で、何とも侘しげな佇まいだった。

自転車の脇には、茶色く汚れたシートが敷かれ、その上に読み古しの雑誌やサンダル、不揃いの皿、色のはげた怪獣の人形などが並ぶ。

笠門はそれら一つ一つを見て、ため息をつく。

「これじゃあ、何の稼ぎにもならないだろうになぁ」

それにしても、「店の主」はどこにいったのか。河川敷を眺めやるが、それらしい人物はいない。

笠門は河川敷に下りてみる。緑豊かな河川敷ではあるが、橋の下だけは趣が異なる。昼でも暗く、遊歩道の部分以外はコンクリートで固められ、すべて金網で囲まれていた。立入禁止のプレートもある。散歩を楽しむ人々も、そこだけは足早に通り過ぎていく。金網にはところどころ破けた部分もあり、中はゴミや空き缶、潰れた段ボール箱などで雑然としている。

ピーボが金網に向かって走り始めた。たとえオフの時であっても、ふいに走りだすような事は滅多にない。

笠門も慌てて後を追った。近づくにつれ、金網内に何か黒いものが横たわっているのが判った。ゴミと段ボール箱に紛れ、遠くからは判らなかったのだ。

ピーボは大きく破れた金網の前で立ち止まり、笠門の方を向いて座る。勝手に中に入ろうとはしない。

「よし、ピーボ」

その場に留まるよう命じると、笠門は一人金網をくぐった。腰をかがめ、中の様子に注意を払う。巨大な橋梁の陰となり、薄暗い。潰れた段ボール箱の向こうに、投げだされた二本の足が見えた。靴は履いておらず、靴下も脱げかかっている。

笠門は箱を脇にどける。叶田が仰向けに倒れていた。服装は昨日会った時と同じだ。いま、服の脇腹からは真っ赤な血が染みだしていた。刃渡り十五センチほどの出刃包丁が刺さったままになっている。刺さり方が浅いせいか、血は止まる事なく染みだしてきている。

叶田の顔は蒼白で、唇も既に色を失っていた。目を虚ろに開いたまま、大きく苦しげな呼吸を繰り返す。

この状態で、どのくらいここに倒れていたのか。

笠門は救急車を要請、現在地も報せる。

「ガッ」

叶田が大きく咳きこんだ。苦痛に顔が歪んでいる。笠門は彼の脇にしゃがむ。

「叶田、しっかりしろ。いま、救急車を呼んだ」

黒目が動き笠門を捉えたが、反応は薄い。

笠門は傍に来るようピーボを呼んだ。血まみれで死にかけている人間の相手をさせるなど、もはやファシリティドッグとしての任を超えている。それでも、今の叶田にはピーボが必要だ。

スイッチの入ったピーボが近づくと、叶田の顔にほんのわずかだが、生気が戻った。

「おお、わん公じゃないか……また、会えたなぁ」

手を伸ばそうとするが、肩がかすかに震えるだけで、腕を伸ばす力はもはやないようだった。

ピーボは悲しい目で、叶田の顔をのぞきこむ。

「あんまり近くに来るんじゃねえ。綺麗な毛に血がついちまう」

両目から涙があふれた。

「痛てえなぁ、ちくしょう。いつもの腹痛《はらいた》とは、比べものにならねえや」

笠門は叶田の頭の方へと回り、そっと尋ねた。

「誰にやられたんだ？」

声の主を追う事もなく、叶田は虚ろな目を見開いただけだった。

「警察の犬かぁ……。イヌの最期には、お似合いかもしれねえ」

「おまえ、それでいいのか？　自分を刺したヤツが捕まらなくても？」

「……ねぇ」

「何？」

「やっぱり言えねえよ」

それっきり、叶田は動かなくなった。

ピーボがクゥーンと、悲しげに声を上げた。

四

「おまえが第一発見者ってのが、もう既に気に入らない」

捜査一課の浦幕誠は、いつも以上にはりきっているようだった。仇敵とも言える笠門が目の前に供されているのであるから、当然と言えば当然だ。

「なぜ、どうして、おまえが叶田を見つけた？」

「なぜとどうしては、同じ意味だ」

「うるせえ。さっさとこっちの質問に答えろ」

昨日、警察病院で叶田と接触している事は、とっくに摑んでいるだろう。

「昨日、病院内で被害者と会った。今日、様子を見に病院へ行ったら、もう退院したと言われた。だから、探していたんだ。なあ」

足もとのピーボに話しかける。彼はクンとうなずいてみせた。

「犬にはきいてねえんだよ」

興奮した浦幕は、生真面目にピーボの相手をしてくれる。

「それで、叶田は何か情報を漏らしたのか？」

「いや。空振りだった。録音のデータは、須脇警視正に提出してある。確認してみてくれ」

「須脇警視正ね」

浦幕は芝居がかった手つきで、髪を掻く。七〇年代の刑事ドラマを見ては、自身の立ち居振る舞いを研究している——という噂は、どうやら本当のようだ。

「とぼけやがって。被害者と警視正の関係について、おまえが知らないわけがない」

浦幕は詰め寄ってきた。

「忍足武彦。知らないとは言わせないぞ」

「その件については、知っている。だが、叶田は何も喋っていない。録音データを検証してみろ」

「言われなくてもやる……いや、もうやってる」

そこで浦幕は、不満げにつまさきでコンクリートを蹴った。

「どうせこの件は、もうすぐ、俺たちの手を離れる」

「どういう事だ？」

「一つ、忠告しておいてやる。おまえらは、絶対に首をつっこむなよ。下手に巻きこまれると、つっこんだ首が胴体から離れる事になる」

「クビになるって言いたいのか？」

浦幕は声を下げ、笠門に顔を近づける。

「目撃者が出たらしい」

「殺しのか？」

「おまえが発見する三十分くらい前に、通行人の一人が、ここから立ち去る怪しい男を見た」

「人相は？」

「ばっちり」

「それなら、話は早い。特徴をきき、似顔絵を作り……」

「須脇警視正と最後に話したのはいつだ？」

「今朝だな。本部で会った」

「その後、連絡は？」

「おまえどうして、そんな事を……もしかして、その不審者ってのが須脇警視正か？」

「警視正の所在は現在不明だ。そして、目撃者が見た男の特徴は、須脇警視正と一致する」

笠門は思わずピーボと顔を見合わせる。

さすがのピーボも、これは予想外だったようだ。目を丸くしている。

「何てこった」

浦幕は続けた。

「この事件、恐らくは内々に処理されるだろう。マスコミ発表などはなしだ。俺ら下っ端は現場から締めだされ、後はすべてが密室でお偉いさん達が決める。だから、とばっちりを食わないように、須脇とは距離を置け。総務課にいる者全員だ」

笠門は浦幕の顔をしげしげと見つめる。

「判ったけど……おまえ、どうしてそんな情報を俺に？　俺を助ける義理なんて、おまえにはないだろう？」

「おまえを助けたいんじゃない」

「だろうな。となると……判ったぞ、資料編纂室の五十嵐巡査だろう。おまえも隅におけねえな！」

「バカ、違う」

浦幕は言いにくそうに口を閉じると、「そいつだ」と顎で笠門の足元を示す。

そこには、シャンとした姿勢で座るピーボがいた。

「そいつをちゃんと守ってやれ」

ピーボのヤツ、いつの間にか、浦幕まで籠絡していたらしい。

五

浦幕の言葉に従うのは癪《しゃく》だったが、彼の言う事には一理あった。

発見者としての事情聴取が終わった後は、ピーボと共にまっすぐ自宅に戻った。ピーボとトレーニングをし、食事をし、同じタイミングで床に就いた。

翌日は午前六時、いつもの時間にピーボと共に起床し、ウォーミングアップから朝の散歩へと出かけた。天気はよく、一日、雨の心配はないようだった。

散歩のコースは毎日変えなければならない。とはいえ、毎日の事であるから、コースのバリエーションはすぐに尽きる。結局、いくつかのコースを定め、毎朝ランダムに選ぶ、時には二つのコースをミックスして変化をつけるなどの工夫をする事で、ピーボに飽きが来ないようにしていた。

今朝のピーボはご機嫌だ。笠門を引っ張るようにして、表へと飛びだした。

コースの選択は笠門の気分次第だ。人影もまばらな住宅地を抜け、丘の上の公園まで行く。そこで気が済まないようなら、さらに先の大きな池のある公園まで足を伸ばす。帰りは、緑道をまっすぐ行き、通りを渡ってコンビニ前を曲がり、自宅へ。

ピーボの足は速かった。瞬く間に住宅地を抜け、緩やかな登りにかかった。ピーボは坂があまり得意ではない。それでも、深い緑の香りに誘われてか、笠門の前に立ち、勢いよく登っていった。

　公園内には、坂をいかした大きな滑り台がある。ブランコ、ジャングルジム、幼児用の滑り台。あと何時間かすれば、子供たちの歓声が響き渡る場所となる。

　公園に入ったピーボは、そのままトコトコと奥にあるベンチへと向かう。そこにはパーカーのフードをかぶったままの男が一人、座っていた。

　笠門たちが近づいていっても、顔を上げようともしない。

　ピーボは男の前にちょこんと座り、顔をのぞきこむ。

　笠門は苦笑するよりない。

「どうして、ここに来る事が判ったんです？　警視正」

　パーカーを取ると、須脇のニヤニヤと笑う顔があった。

「判ってなんかないさ。ここにいれば、ピーボが来る気がしたんだ」

「なるほど。しかし警視正、自分のお立場というのを判っておられるんですかね」

「警察も案外、だらしないな。結局丸一晩、俺を捕まえる事すらできなかった」

「それには深く同意しますが、彼らだってバカじゃない。俺にも監視の目がついていたでしょう。あと数分で、ここら一帯は蟻の這い出る隙もなくなりますよ」

「蟻でだめなら、蚊か蚤にでもなって逃げる」

「どっちも害虫ですね」

「とにかく、おまえには伝えておきたくてね。俺は叶田を殺ってない」

「判ってますよ、そんな事」

「本当か？　あいつならやりかねないとか、言ってたんじゃないのか？」

「言ったかもしれませんが、本気じゃなかったんです」

「この際、どっちでもいい。俺が行ったとき、叶田は既に刺されていた。人の気配がしたので、すぐその場を離れたが、どうもばっちり顔を見られていたようだ」

「それよりも、どうして叶田に会いに行ったんです？」

「おまえ、叶田の録音を改ざんしただろ？」

「不要な部分を削除した。つまり編集しただけです」

「俺を甘く見るなよ。おまえに限らず、誰かが細工を施しても、しっかりオリジナルの音源は残るようにしてある」

「やれやれ。まったく信用されていなかったわけだ」

「当たり前だ。俺が信用できるのは」

　ピーボに目を落とす。

「今となってはこいつだけだ」

　須脇になでられながら、気持ちよさそうに目を細めるピーボを笠門は睨んだ。

「調子のいいヤツだな」

「それで笠門巡査部長、君の事だ、ある程度の調べはもうついているだろう？」

「忍足武彦、とかですか」

「そうだ」

　ピーボをなでていた手が止まり、飄々としていた顔付きが曇る。

「忍足は優秀な男だった。猟犬のような刑事でな。出世とは縁がなかったが、こういう男がいれば、日本警察も安泰だと思ったものさ」

「しかし、自殺した」

「そこさ。彼は死ぬ前日、直属の上司を越えて、俺の所に来た。捜査から外してくれってな。休暇を取りたいと言った」

「薬物事案の捜査の時ですね?」

「ああ。確かに激務続きで、忍足にいつもの覇気がなかったのは事実だ。それでも俺は……」

須脇は口元を引き結ぶ。

「警視正も上司も、休暇の申し出に許可をださなかった。そして忍足は死んだ」

「叶田は忍足の情報屋として、俺なんかより密接に連絡を取り合っていた。もしかすると、誰よりも忍足の事を理解していたかもしれん。休暇を認めようとしない、いけ好かない上司や管理官の事もきいていたのかもな」

「それで、あんな事を?」

「須脇が殺した……も同然って意味でくちばしったのかも」

「叶田と面識はあったんですよね?」

「忍足を介して二度ほどな」

「かなり有能な情報屋だったんですか?」

当然、うなずくのだろうと思っていたが、須脇は渋い顔で首を傾げる。

「それは、そうとも言い難い。叶田は小物の中の小物だった。運転手やバーテンダーなど職を転々としていたから、裏社会の情報には通じていた。ただ、大物に繋がるようなネタには、とても手が届かなかっただろう」

「そんな小物をどうして忍足さんは？」

「さあな。ただ、小物なだけにマークも甘い。メッセンジャーやブツの受け渡し役には重宝していたのかもしれん」

　須脇は顎に手を当てると、記憶を手繰り寄せているようだった。

「一度、署の近くの公園で、忍足と叶田が一緒の所を見た。世間話とかして、妙に楽しそうだったな。警察官と情報屋、つまり雇い主とイヌの関係には見えなかった。友達みたいだった」

「いずれにせよ、北上野署の捕物には、ほとんど関与していない訳ですよね」

「だろうなぁ。そんな大きなヤマに関われる男ではない」

「北上野署のヤマは、どういう経緯ではじまったんです？」

「最初はケチな売人同士のイザコザだ。末端の売人を何人か絞りこんだところへ、マトリから協力の申し出があった。マトリはマトリで、情報屋を通じて、かなりのネタを掴んでいた」

「また情報屋ですか。そいつの身元は判っているんですか？」

「まさか。いくら何でも……おっと、そろそろお暇の時間かもな」

公園に入ってから、既に五分以上が経過していた。

　須脇は立ち上がり、笠門の肩を叩いた。

「忍足の件は、ずっと引っかかっていたんだ。これを機に、叶田ともちゃんと話をしようと思っていた。だが、一足遅かったよ」

悔しげな須脇の表情に偽りはなさそうだ。

「容疑者になるなんて、何とも間抜けな話さ。笑って貰って構わない。だがそれは、事件を解決してからにしてくれ」

「待って下さいよ。それならせめてもう少し情報を……」

「お前とピーボなら、何とかなるだろ。じゃあな」

須脇は踵を返し、公園の植えこみの向こうへと消えた。

笠門はピーボに言う。

「格好いい消え方をしたけど、逃げられるのかね、あの人」

ピーボは首を傾げた。

六

「父はほとんど、仕事の話はしませんでしたから」

忍足郷《ごう》は、テーブルの上で力なく息を吐いた。

折りたたみ式のテーブルにはビニール製のクロスがかけられ、あちこちに汚れが見られる。

笠門は薄暗い室内を見回す。築四十年になる戸建てで、何もかもが年月の重みでくすんで見えた。鮮やかな色を放っているのは、壁際に雑然と置かれた介護用品のパッケージだけだ。

笠門が通されたのは一階のダイニングだった。カウンター越しに見えたキッチンは、洗い物が溜まり、ゴミ袋がいくつも散乱している。

ダイニングの奥には四畳ほどの和室があり、そこには仏壇が置かれている。さきほど笠門があげた線香から、細い煙が上っていく。

その向こうはガラス戸となっていて、わずかばかりの庭が見える。枯れた花と雑草ばかりの荒れた庭だが、今そこには高齢の女性とピーボがいた。

女性は皺だらけの顔を綻ばせてピーボに何事かを語りかけている。

「十年ほど前から、母は体調を崩していて」

郷が低い声で言った。

「あなたが一人で介護を?」

「ええ。最近は一人で歩く事すら難しくなってきましてね」

部屋の南側にはピタリと閉じられたドアがある。恐らく、その向こうが母親の部屋なのだろう。

「十年というと、お父様が亡くなられてすぐに?」

「ええ。父の死がよほどショックだったのか、精神的に参ってしまって。それからは、ずっと寝たり起きたりです。最近は認知症の症状もでてきてしまって……」

大学を出て、大手重機メーカーに就職したが、母親の介護のために三十代初めで退職。今は母親の年金とアルバイトでギリギリの生活を送っている――。五十嵐いずみからきいた郷の履歴を、頭の中でもう一度、浚った。

「もう一度おききしますが、叶田という名前に、きき覚えはありませんか?」

郷はそっけなく首を左右に振る。

「きいた事もありません」

その態度には、警察に対する不信感が表れていた。

「そもそも、どうして今ごろになって、そんな事をきくんですか？　父が自殺したとき、警察は何もしてくれなかった。父はあれだけ警察の中でがんばってきたのに……」

「お父様の自殺についてですが」

笠門は上目遣いに郷を見据えた。

「疑問に感じた事はありませんか？」

「え？」

「ご子息から見て、お父様は自殺をするような人でしたか？」

郷はすがるような目を、庭で微笑む母親に向けた。口を薄く開きかけたまま、懸命に言葉を探している。

「どうなんです？」

「ボクにはよく判りません。さっきも言ったように、父はほとんど家にはいなかった。非番の日も庭に座って、黙ってタバコを吹かしている、そんな人だったんです。父の様子がどうだったかってきかれても、ボクには判らない。母ならもしかしてって思いますが、もうそれをあなたに伝える事はできそうもない」

ピーボに向かって笑う彼女の顔は、まるで幼児のようだった。

「判りました。突然、不躾な事をききまして、申し訳ありませんでした」

「いえ……」

郷は今一度、庭に目をやった。

「あなたはともかく、あの犬を連れて来ていただいた事は感謝しています。長い間、母のあんな顔、見た事なかったので」

郷は立ち上がり、母を中に入れるため、庭に出た。彼に続いて庭に出た笠門は、ピーボにその場に留まるよう指示をする。

郷の母親は何か言いたげな面持ちで息子を見上げているが、当の郷はそんな事にはお構いなしで、さっさと車椅子を押して家に入ろうとする。

郷の警察不信は、相当なものだ。粘ったところで、得られるものはないだろう。

庭から暇を告げるつもりで、笠門は言った。

「どうも、お邪魔しました。叶田の事で思いだした事があれば、ぜひ、ご連絡を」

「叶田？」

反応したのは、郷ではなく母親の方だった。車椅子の上から、笠門を振り返っている。

「叶田さん、どうかされたの？」

母親の目には明確な意志が宿っており、車椅子の上でしゃんと背筋も伸びていた。さっきまでとは、明らかに違う。

戸惑っているのは、郷も同じだった。

「か、母さん、何、言ってるの？」

「何って、この方は警察の方？」

状況は判らないが、この機会を逃す手はない。笠門は身分証を掲げ、郷を押しのけるようにして、母親の前に立った。

「笠門と申します。叶田さんについて、何かご存じの事が？」

「夫の友人ですわ」

「友人？」

「ええ。夫はそのように申しておりました。叶田さんの名前は特によくききましたよ」

　郷がためらいがちに口を挟んだ。

「母さん、親父がそんな話をする訳ないだろ。家で仕事の話なんか、一度もしなかったじゃないか」

「お前には、なるべく聞かせないようにしていたのよ。お酒が入ると、私には時々、話してくれたわ」

「そんな……」

　今度は笠門が割りこむ番だった。

「それで、忍足警部補は、叶田について何と？」

「だから言ったでしょ。彼は友人だって」

「しかし、警部補は叶田を情報屋として使っていたときいています」

「警察のイヌね」

「え？」

「主人は時々、辛そうにそう言っていたわ。事件解決のためとはいえ、自分は彼らの人生を危険に晒している。もっと感謝されるべき存在なのに、警察からも犯罪者からも疎まれる存在だ。本当に申し訳ないって」

笠門は彼女の手を取って、言った。

「忍足警部補は、本当に立派な警察官だった」

「ええ、判ってますよ。そう言ってくれて嬉しいわ……」

ふいに彼女の顔から、表情が消えた。黒い穴がポッカリと口を開けたようだった。

「ええっと、あなた……」

彼女は不安そうな顔となり、忙しく左右を見回す。息子の姿を探しているのだ。

郷は母親の視界を遮るように、身を乗りだした。

「郷、私……どうしたのかしら」

「何でもない、何でもない、母さん。向こうで、音楽をきこうか。ハワイアン、母さん、好きだったろう?」

郷は冷たい目で笠門を睨み、隣の部屋へと消えた。

一人残された笠門は庭にポツンと佇むピーボのもとへと戻る。

郷の母親がなぜ突然、かつての記憶をとりもどしたのかは判らない。ただ、ファシリティドッグと接する事によって、認知症の患者が突然、過去の記憶を取り戻し、一時的ではあるが家族らとコミュニケーションを取る事ができるようになったという事例を、笠門は知っていた。

笠門はピーボの頭を撫でる。

真偽の程は判らないが、とりあえずピーボ、グッジョブだ。

七

　駅まで行く道の途中に、巨大なショッピングモールがあった。ショッピングセンターはもちろん、複数のアミューズメントパーク、映画館まで入っている。広大な駐車場もあり、ゲートは大混雑だった。

　ピーボは興味を持ったのか、笠門を引っ張り、中へと入っていく。正面入り口の前は巨大なイベントスペースになっており、今は椅子や丸テーブルがだされ、臨時のフードコートのようになっていた。店内で買ったものであれば、自由に食べられるらしい。ピーボはスペースの端にあるテーブルの前に座った。

　ピーボは車を見るのが好きだ。ここにいると、駐車場に出入りする色とりどりの車が目の前を通る。

　ここらで休憩も悪くないな。笠門はピーボが飽きるまで付き合う覚悟を決める。

「わあ、犬！」

　十分ほどたった時、十歳前後の女の子が二人、ピーボの傍に寄ってきた。

　ピーボは車を見る楽しみを妨げられたにもかかわらず、おっとりとした表情のまま、顔を女の子たちに向ける。

　二人が笠門の方を見る。触ってもいいか、うかがっているのだ。

　笠門がうなずくと、最初は恐る恐る、やがて抱きつくようにしてピーボと遊び始めた。二人は姉妹のようで、妹はピーボのふさふさした尻尾に興味津々だ。左右にゆっくりと振れる尻尾を小さな手で懸命に追っている。

　姉の方は早々に飽きたようで、笠門の向かいに座り、妹を見ていた。

「この犬、名前は何ていうの？」

「ピーボだ」

「ピーボは何ができるの？」

「何だってできるよ」

「例えば？」

「凄く速く走ったり、高くジャンプしたり、泳いだり」

「犬って泳げるの？」

「泳げるさ。上手いもんだ」

「へぇ」

「料理だってできる。ホットドッグ」

「あは！」

　穏やかな視線を少女たちに向けていたピーボが、さっと後ろを振り返る。

　二人の男が近づいてくる。場違いとも思える黒のスーツ姿で、まるで格闘家のような体付きをしている。男二人は少女たちの視線を気にしてか、白い歯を覗かせながら小さく手を振った。女の子たちは無邪気に微笑み返していたが、ピーボは緊張状態を解いていなかった。

　一人が笠門の脇に立ち、そっと名刺を見せた。ほとんどが指で隠れていて、読み取る事はできない。唯一見えていたのは、「麻薬取締部」の文字だ。

　男は笑って言う。

「その辺、歩こう」

　笠門はピーボの頭をそっとなでると、少女たちに「それじゃあ」と会釈してそっと席を立った。

　一人の男が先に立ち、笠門を案内する。もう一人は斜め後ろに立ち、強い殺気を放っていた。

　男が案内したのは、イベントスペースのさらに奥にある、子供用のプレイグラウンドだった。床にはプレイシートが敷かれ、滑り台やジャングルジムなどが一体化した複合遊具がある。ゾウの形をしたベンチやまたがる事のできるポニーなど、なかなかの充実ぶりだ。そしてもっとも人目を惹くのは、奥にデンと据えられた蒸気機関車を模した遊具で、中に入り運転席に座る事もできる。

　現在は子連れの来場者も少ない時間帯なのか、清掃中の札が出ていて、中には誰もいない。

　男はその札をまたぎ越え、ズカズカと中に入っていく。

　笠門はピーボにそこで待つよう指示をだし、傍に立つ男を睨んだ。

「不用意に近づくな。死ぬぞ」

　男が本気にしたかどうかは判らない。それでも半歩、ピーボから離れた。

　ステップを数段上がり、右側が運転席になっている。形ばかりの計器板と二人が座れる丸い椅子。そこに、白髪頭の男が一人、腰を下ろしていた。案内役の男は緊張の面持ちで脇に立っている。

「かけたまえ」

白髪頭が、横の丸椅子を示した。

「俺には、運転手さんゴッコをする趣味はない。やるなら、一人でやってくれ」

白髪頭はそっと名刺を差しだす。肩書きも、連絡先すらもない、名前だけが真ん中に書かれたものだった。

「能美馬《のうみま》明《あきら》……？」

「名前、きいた事ないかな？」

年相応の穏やかな声、それとは対照的に射るような鋭い眼光。

「マトリの関係者とお見受けしますが、名前は聞いた事がない」

現役は退いているようだが、こうして現役の部員を二人も使える。相当に優秀な麻薬取締捜査官だったに違いない。そこから考えられる事は一つ。

「北上野署での密売組織摘発。マトリと共同戦線を張ったとの事ですが」

「私がマトリ側の責任者だった。須脇君、忍足君には、大変、お世話になった」

「で？　こんな所に呼び寄せて、俺に何用ですか？」

「叶田が殺された件、君はどう考えている？」

「知りたければ捜査一課にきいて下さいよ。俺とピーポは総務課なのでね」

能美馬の顔に苛立ちが浮かんだ。傍にいる男は、暴発寸前の銃を前にしているかのように蒼い顔で目を伏せていた。

「君の職務内容については、ある筋からすべてきいている。叶田は君に、いや、君たちと言うべきか、何を喋った？」

「それを聞いて、どうするんです？」

「北上野署の薬物一斉摘発は大成功だった。その手柄で私は昇任し、以降、現場に出る事は少なくなった。その中で、やはり引っかかるのは忍足君の自殺だ」

「引っかかると言いながら、もう十一年だ。どうして今さら？」

能美馬は眉間に深い皺を寄せ、口を閉じた。

笠門は立ったまま、黙って続きを待つ。

やがて能美馬は脇に立つ男に合図をすると、一言二言耳打ちした。男の血相が変わる。

「いや、しかし……」

「大丈夫だ。責任は持つ」

「そう言われましても……」

「いいから、行け！」

腹に響き渡る怒鳴り声で、男は震え上がり、一目散にその場から消えた。これが、能美馬の本性か。

「これで、私と君だけになった」

「だから何でも話せと？」

「まずは私からだ。私は忍足君の自殺には疑問を持っていた。無論、警察の方で捜査はしただろう。犯人がどうやって優秀な警察を誤魔化せたのかは判らないが」

「そう考える理由は何なんです？　遺書がなかったから？」

「遺書ではない。もっと別のものが消えたからだ」

「回りくどい言い方は無しにしましょう」

「顧客リストだよ。私と忍足警部補、それぞれの情報屋から組織に関する詳細なデータを手に入れた。捜査陣はそのネタを使い、密売組織のトップから末端の売り子に至るまでを芋づる式に挙げた。だが結局、顧客リストだけは入手できなかった。顧客リストは、紙ベースでね。データ保存されていなかったのだ」

紙で渡すのが一番安全——。五十嵐いずみの言葉が脳裏を過った。

「つまり、あんたご自慢の情報屋をもってしても、盗みだす事ができなかったと」

能美馬は首を振る。

「そうではない。私の情報屋は優秀だった。データとは別に紙の顧客リストもコピーを取り、持ちだす事に成功していた」

「それなのに、あなたの手には入らなかった。どういう事です?」

「さっきも言っただろう。消えたんだ。綺麗さっぱりとね」

「なら一番怪しいのは、あなたの情報屋だ。そもそも持ちだしに失敗していたか、あるいは、裏切ってリストを隠匿した」

「顧客リストの持ちだしは、必須要件ではなかった。持ちだしが無理なら、最初からそう報告してくるさ」

「隠匿の線は?　顧客リストは宝の山だ」

「そんな事をすればどうなるか、情報屋自身が一番、知っているよ」

「しかし、リストの消失がそんなに問題ですかね。密売組織を軒並み摘発できたのであれば、顧客リストの原本も押収できたはず。リストの中身は遅かれ早かれ、捜査陣の目に触れる」

「それが、そうもいかなかったのだよ。ガサ入れと同時に、顧客リストは燃やされてしまってね。売人たちは一人として口を割らないし、顧客に関してはいまだ闇の中なんだ」

「なるほど。あなたが拘る理由が判ったよ」

「この件が解決しない限り、私にとって、あの事件は終わった事にならないんだ。そしてこの十一年、ずっと考え続けているのは……」

「忍足警部補の自殺」

能美馬は深くうなずく。

「情報屋との接触には常に気を遣う。重要データの受け渡しとなればなおさらだ。私自身がノコノコ出かけていくわけにもいかない。そこで、顧客リストを含むデータの受け渡しには、須脇君と協議して、忍足警部補の情報屋を使う事にした」

「叶田ですね」

「彼が私の情報屋からデータ等を受け取り、それを忍足君に届けたのだ」

「警部補が裏切って、顧客リストを別の誰かに渡したとか」

「その可能性はないと信じる。彼はそんな人間ではなかった」

「しかし当時、彼は自殺するほど追い詰められていた」

「多くの人間の命運を左右する顧客リストが、短時間とはいえ、忍足君の手元にあった。この事が、もっとも重要だ」

「忍足警部補が裏切ったりはしない前提に立てば――」

「彼は何者かに殺されたのではないだろうか。顧客リストには、政財界の大物たちの名もあったという噂だ」

「な、る、ほ、ど」

「納得がいかないかね」

「筋としては悪くないと思いますよ。ただ、全部、あなたの推理ですから」

そう言い返される事は予想していたのだろう。能美馬は腹を立てた様子もなく、老獪な笑みを浮かべた。

「練馬に黒田《くろだ》秋吉《あきよし》という男がいる」

能美馬は住所を走り書きしたメモと、自身の名刺を指に挟み、差しだした。

「そこに行って、この名刺を見せるといい」

「何のために？」

「捜査のためだ」

ヒラヒラと揺れる紙を見つめながら、笠門は首を振る。

「上司の須脇がいつも言ってるんだ。親切な人は疑ってかかれってね」

「その須脇君だが、さきほど、警察に身柄を確保されたようだ。むろん、マスコミ等には伏せられている」

「情報通なんですなぁ」

「彼もまた、忍足君の自殺には疑問を持っていた。だからこそ、君たちを使って叶田の口を割らせようとした」

「叶田の守りは思った以上に固かったですけどね」

「そこだよ。そこにこそ、長年の疑問の答えがあるように思えるのだ。須脇君も同じように何かを感じた。だから、君らには何も告げず、叶田と接触しようとしたのではないか？　手遅れだったが」

　笠門はメモと名刺を受け取った。

「駆け引きでは、ベテランのあなたにかなわない」

　能美馬は笑いながら、笠門とピーボを見る。

「須脇君は優秀な男だ。本筋から外れた君のような部下を用意しておいたのは、今回のような事を想定していたからじゃないのかな」

「あのぅ」

　遊具の入り口から、ホウキを持った作業員が顔をのぞかせた。

「そろそろ、子供たちを入れたいんだけどね」

「ああ、これは失礼」

　能美馬は慌てて立ち上がった。

「朗報を期待しているよ」

　彼は笠門の肩を叩くと、先に外へと出て行った。笠門がステップを下りピーボと合流したとき、能美馬を乗せた車は既に駐車場からスタートしていた。

「ピーボ、休憩したいところだが、もうひと頑張りだ」

八

「黒田は、福岡に拠点を置く暴力団の元構成員ですね」

五十嵐いずみの情報収集力はさすがだった。依頼してから三十分足らずで、黒田秋吉の事を綺麗に調べ上げていた。彼女が仕事で使っているパソコンとは、いったいどんな代物なのだろう。

「九〇年代初め、関西進出を狙った組の尖兵として神戸に乗りこみ、いろいろとひっかき回したみたいです。でも結局、組は撤退。収まりのつかない黒田はそのまま神戸に残って、裏のビジネスを続けた。薬物のほかに取引が禁止されている動物の密輸とか、まあ、いろいろやったものの、結局、捕まった」

「アイデアマンだったんだな」

練馬駅の駅舎を見上げながら、笠門は携帯でいずみの報告を聞く。

「出所したのが十五年前で、その後、一人で東京に出てきています。昔取った杵柄で、薬物の密売組織に食いこんだけれど、北上野署の一斉摘発で組織は壊滅」

「黒田自身は逮捕されていないのか?」

「末端の売人クラスだったから、上手く逃げ延びたみたいです」

「暴力団の顔役だった男が、末端の売人か。落ちぶれたもんだな」

「能美馬という人がどうして彼に会えと言ったのか、そこまでは調べがつきませんでした」

「それは、これから調べるよ」

「ピーボはまだ一緒なんですか？」

「ああ。どうしても一緒に来たいって言うもんだから」

「警察病院の方はいいんですか？　ピーボ、待ってる子供がいるんじゃあ？」

「ああ。だが、ここで踏ん張らないと、その子とも会えなくなっちまいそうなんだ」

「須脇警視正の事ですか？」

「そう。彼が潰れれば、俺とピーボも潰れる」

　通話を切ると、リードを握り直し、笠門はピーボと共に歩きだした。


　メモに書かれた住所は、シャッター通りとなった商店街の並びにあった。元は居酒屋であったようだが、今はシャッターが閉まり、そこには缶スプレーで色とりどりの落書きがなされている。二階が住居となっていて、シャッター脇に外階段が延びているが、その前には髪を金色に染め、ネックレスやブレスレットをジャラジャラさせた若い男が二人、敵意をほとばしらせながら、こちらを睨んでいる。

　二人はピーボに目も向けず、ひたすらに笠門を睨む。腹に穴でも開けたいようだ。

「ああっと……黒田さんはいる？」

　返事はない。

「この人から会うように言われたんだけど」

　メモを見せると、二人の細い眉が微かに動いた。右側の男が口をほとんど動かす事なく言った。

「黒田さんなら、カナリアにいる」

店の名前らしかったが、それ以上の情報を聞きだすのは、控えた方がいいようだった。

「判った。ありがとう」

歩きだそうとする笠門に向かって二人は言った。

「お前はダメだ」

「え？」

「犬だけだ」

ピーボが元気よく尻尾を振った。

「意味が判らないんだけど」

「今日のラッキーカラーはゴールドだ。だから犬はいい」

「俺は？」

「ダメ」

「じゃあ、誰が犬を連れて行くんだよ」

「お前が行け」

「だから、俺が黒田に会うんだろ？」

「違う。会うのは犬だ。お前はただの付き添いだ」

「もしかして、オタクらは迷信深いの？」

「民明新聞の占いは絶対だ。黒田さんから言われてる」

「……判った。あんたらの言う通りにする。会うのは犬。俺は付き添い」

「判ったならさっさと行け」

二人の気が変わらぬうち、笠門はピーボを連れ、その場を離れた。

「お前の毛が金色じゃなかったら、俺たちは黒田に会えなかったのかな」

ピーボは笠門を従え、ノシノシと歩いて行く。俺について来いと言わんばかりの態度に、笠門も笑うよりなかった。

カナリアは自転車屋と洋裁店の間にある、酷く間口の狭い、席数五席の飲み屋だった。奥に小さなカウンターがあり、その中でミイラのように痩せた老人が昼寝をしていた。カウンターの上には焼酎のペットボトルと合成酒のパックが置かれ、脇に「一杯百円」と手書きした厚紙が立ててあった。

店の入り口に置かれた席では、顔色の悪い痩せたノッポの男が、合成酒をパックごとあおりながら、ピーボに向かって陽気に手を振っていた。

「いい毛並みだな、わん公」

どうやら彼が黒田らしい。伸びきったタンクトップの脇からは、皮膚に浮き出た肋骨がのぞき、肩口から腕先にかけては、悪趣味な蛇の刺青がびっしり彫りこまれていた。

笠門はそっとメモを手渡す。黒田は一瞥すると、それをクシャクシャに丸めて捨てた。

彼は泥酔状態で、酒のパックを持つ手は震え、上半身はユラユラと左右に揺れている。

「おまえは、能美馬の遣いか」

ピーボに向かって言う。

「そうだ」

笠門が言っても見向きもしない。会うのは犬という男たちの言葉は、あながち冗談でもないらしい。

「懐かしい名前を見たから、乾杯だ」

黒田は高々と紙パックを掲げた。

「能美馬さんとは、知り合いで？」

「昔、世話になった。いや、世話したのはこっちかな。とにかく、色々な」

能美馬はなぜ、黒田の居場所を笠門に告げたのか、未だ、真意は測れない。

手をこまねいているうちに、黒田は勝手にピーボに語り始める。

「俺とお前は仲間だったんだ。俺も昔、イヌだったんだよ。威勢よく故郷から出てきたんだけど、何にも上手くいかなくってさ、一発逆転を狙って東京に出てきたんだ。そこで、言われた。おまえ、イヌにならないかって。お笑いだろ。でも俺、断れなくてさ」

黒田は泣いていた。握り締めた酒のパックに、涙が滴り落ちる。

「売人って事で組織に入りこんでさ、言われるがまま、色んなネタを流したんだ」

黒田は今、ピーボに向かって、自分がマトリのイヌであったと告白している。能美馬の手先となって、密売組織壊滅に繋がる情報を流したのは、自分自身であったと。

笠門はピーボの背後から尋ねた。

「あんたが流した情報の中に、顧客リストは入っていたか？」

黒田は鼻をすする。

「あった。データがなくて、紙だけだった。コピーして原本はそのままにしておいた。持ちだされたなんて、誰も気づいていないはずさ」

「だが、リストは消えた」

「そうなんだ。手入れが始まるまでの間に、どこかへ消えちまったんだ。俺は確かにコピーを持ちだしたのに」

　黒田は再び激しく泣きだした。

「リストの件は、いつの間にか、俺のせいになっていた。それで、あっという間にお払い箱だ。能美馬さんが懸命に庇ってくれて、俺がイヌだった件については、隠してくれたけど、放りだされて終わりだ。ザマないよな」

　紙パックをあおり、中身がなくなったと知るや、壁に叩きつけた。

「俺は……、俺は……」

　もう言葉になっていなかった。

　能美馬が、笠門をここに寄越した理由。それは叶田事件の捜査の他にももう一つあった。黒田への三行半だ。黒田がマトリのイヌであったと、第三者の笠門に示した。つまり、もう彼の正体について秘匿するつもりはないとの意思の表れだ。十年以上前の事とはいえ、密売組織の壊滅で大打撃を被った者は多い。知れば黒田を、放ってはおかないだろう。

　東京に、もはや彼の居場所はない。

　ピーボが哀しげな目をして、笠門を振り返る。「何とかしてやってくれ」と訴えかけているようだった。

　笠門は首を振り、そっとピーボの頭を撫でた。

「悪いが、俺にはどうする事もできないんだ」

非情な能美馬のやり方にはまったく賛同できなかったが、犯罪撲滅という大義名分の下では、こうした事は日常的に行われているのだろう。

笠門はリードを握り直し、その場を離れようとした。だが、ピーボは頑として動かない。

ファシリティドッグとしての仕事を離れたピーボは、頑固である。散歩から帰りたくない時、庭にもう少しいたい時、笠門と一緒にいたい時、彼は簡単には折れてくれない。忍耐と根比べと駆け引きが必要だった。

今、ピーボの顔には、オフの時に見える頑固さが浮かんでいた。

笠門はリードにこめた力を抜く。

どうしたピーボ、まだ彼にきくべき事が残っているとでも？

黒田の嗚咽と頑固なピーボの板挟みとなり、笠門はやむなく、今までに集めた情報を頭の中で再構成してみる。

閃きはすぐにやって来た。

「黒田、叶田という情報屋、知ってるよな」

「忍足とかいう刑事のイヌだろ？　いけ好かないヤツだったよ。いっぱしの正義漢気取りでよ。雇い主に尻尾ばっかり振って。まあ、だからこそ、イヌなのか」

黒田は涙にまみれつつ、掠れた笑い声を上げた。笠門はきいた。

「叶田と忍足の関係は、そんなに強かったのか？」

「強いとか弱いとかじゃねえ。ヤツは情報屋といっても、下っ端の下っ端だ。でかいヤマに繋がるネタなんて、摑めっこねえ。その割には、しょっちゅう刑事《デカ》とつるんでいるようだった。今にしても思うと何だな、あれは……」

黒田は言葉を切り、過去を懐古していくように、遠い目つきになった。

「情報屋と刑事っていうよりは、何だか友達同士みたいだったな」

黒田は立ち上がると、話はここまでだと示すように、カウンターに向かい新品の酒パックを取った。

潮時か。

リードを軽く引くと、ピーボは素直に歩き始めた。

「何となく、見えてきたなピーボ」

九

忍足郷は疲労の中に苛立ちをのぞかせ、笠門の前に座った。

「いったい、何なんです？」

中庭に母親の姿はなく、ピーボがポツンと佇んでいる。窓は開いていて、かすかな風が、室内の淀んだ空気をかき回していく。

笠門は頭を掻きつつ、答えた。

「前回、お母様が思いがけない記憶の回復を見せられたので、もう一度と思っていたのだが……」

「あれは、ただの記憶の混乱でしょう。母は静かに暮らしているんです。あまり掻き乱さないでいただきたい」

「それで、今日はデイサービスに？」

「ええ。あなた方があまりしつこいのでね。ボクの気持ちはこれで判ったはずだ。もう来ないでいただきたい」

「それが、そうもいかないんだ」

「何？」

「事件の捜査が絡んでいるのでね、必要とあらば、出向かねばならんのよ」

「捜査って、あのホームレス殺しの？」

「お父様との関係については、前に話したよな？」

「父の情報屋だったとか」

「実は、捜査の過程で思いがけない事が判ったんだ。お父様が最後に担当していた事件で、重要情報の一つが消えていた」

　郷は顔を顰めた。

「それが、父の死に関係していると？」

「重要情報の入手に関わっていたのは、限られた人間だけだ。能美馬氏、能美馬氏の使っていた情報屋、死んだ叶田、それに忍足警部補と上司。その五人の中で、情報を秘匿できる可能性があるのは、二人。叶田と忍足警部補だ」

「厳格公正であった父が、警察を裏切るような真似をするわけがない。能美馬さんの情報屋が嘘を言ったか、殺された叶田という男が、裏切ったのでは？」

「そう考えるのが筋という気はするが、今回の捜査で、ききこみをした者たちの多くが、同じ事を言うのが気になってね」

「同じ事?」

「友達。あなたの母上も言ってたじゃないか。忍足警部補と叶田は友達同士のようだったって。」

郷は困惑気味に笑う。

「まあ、父は警官にしては人当たりのよい方だったから、そう思われていたのかもしれない。でもいったい、それがどう事件と関係していると?」

「親しい関係にあった叶田が忍足警部補を裏切るとは考え難い。また正義感にあふれ、人望も厚かった忍足警部補が、情報を秘匿するとも思えないんだ」

郷は明らかに苛立っていた。

「そんな顧客リストの事なんてどうでもいい。もう帰ってくれないか。母がいない間に、洗濯とかいろいろやらなくちゃならない事があるんだ」

「……顧客リストだと、なぜ知っている?」

「え?」

「俺は『情報』としか言っていない。なぜ、問題となっているのが、顧客リストだと判ったんだ?」

「いや、あなたが言ったから……」

「俺は言っていない。何なら、確認してくれてもいい」

笠門は庭にいるピーボを指さした。彼は黒色の首輪をしている。

「あの首輪には録音機が入っている。高性能でね、少し距離はあるが、すべて録音されているはずだ。さあ、説明してくれ。なぜ、なくなった情報が顧客リストだと思ったのか？」

郷は口をつぐみ、顔を伏せる。握りしめた拳は傍目にも判るほど震えている。

笠門は言った。

「自首すべきだ。今、ここでのやり取りはなかった事にしてやる」

郷は隣の部屋にある仏壇を見た。父親の遺影に助けを求めるように。

笠門は続ける。

「俺が叶田を見つけた時、まだ息があった。刺したヤツは誰かときいた時、あいつは何て言ったと思う？　『言えない』だ。叶田は自分を刺したヤツが誰か判っていた。判っていた上で、俺に言わなかった。かばったんだ」

「だ、だからって、どうして……」

「薬はもう止めたのか？」

郷は細い腕を隠すように、そっと背中側に回す。

「顧客リストに載っていたんだな、おまえの名前が。気づいたのは叶田だろう。手入れの前に彼が忍足警部補に渡し、それを告げたんだ」

中庭にいるピーボが、ハッとしたように顔を通りの方に向ける。

「母親がもうすぐ帰ってくる。決断しろ」

「十一年前のあの日、俺は呼びだされたんだ、親父に」

「警部補はそのとき、顧客リストを持っていたのか？」

「ああ」

「あんたを呼びだしたのは、事実確認のためか？」

郷はうなずいた後、続けた。

「深い理由はなかったんだ。大学時代の友達の誘いで、軽い気持ちで手をだした。でも、気づいたら抜けられなくなっていた……。リストを破棄してくれって何度も頼んだけど、親父はうんと言わなかった」

「それで、突き落としたのか？」

郷は首を振る。

「親父は俺と警察に行くと言った。俺は嫌だと抵抗した。屋上でもみ合いになって、気づいたら親父だけが……」

家の前に車の止まる音がした。デイサービスのものだろう。

郷はうなだれたまま、続けた。

「屋上の縁に、封筒が落ちていた。顧客リストが入っていた。俺はそれを持って逃げた。リストはすぐに燃やした」

「叶田は？　ヤツもあんたの名前がリストにある事を知っていた」

「だから、すぐにバレると覚悟していた。あいつが警察に言うだろうって。でも、いつまでたっても、誰も俺を捕まえに来ない」

「叶田は口をつぐんだのさ。親父さんの名誉のために」

「その後も、叶田の居所だけは把握していた。上野から荒川に移られた時は少し手こずったけど、すぐに見つけられた」

「なぜ殺した？　十一年もたった今になって」

「能美馬さんから連絡があったんだ。あの人は、親父が死んで以来、いろいろと気にかけてくれていた」

「彼は何と？」

「親父の事件で進展があるかもしれないとだけ。それを聞いて、不安になった。事件が蒸し返されたら、今度こそ、叶田は洗いざらい喋るかもしれない。母のためにも、俺は今、捕まるわけにはいかない。だから……」

　これ以上、尋ねるべき事も、知るべき事も残っていなかった。

「あとは、おまえ次第だ」

うなだれる郷を残し、笠門は庭に出る。悲しげに佇むピーボのリードを取る。

「行こうか、ピーボ」

十

ピーボを見た井上連は、ベッドの上で弱々しく笑った。

「久しぶりじゃねえか」

布団の下から握り拳をだすが、ピーボにまでは届かない。

顔色は悪く、さらに痩せていた。

「今は調子が悪いけど、復活したら、また勝負すっからな」

椅子に乗ったピーボにそっと触れながら、連は言う。

「だから、もう少し、待っててくれよ」

連の目から涙が一筋、流れ落ちた。

連とピーボの時間がゆっくりと流れていく。

病室を出る時間が迫ってきた。

その事を察した連は、ピーボに向かって言う。

「明日も来てくれよな」

ピーボがうなずく。

笠門はリードを取ると、連に言った。

「明日も来る。ピーボはいつも、ここにいるからな」

初出　「小説推理」二〇二三年五月号～九月号

大倉崇裕　おおくら・たかひろ

一九六八年、京都府生まれ。学習院大学卒。一九九七年「三人目の幽霊」で第四回創元推理短編賞佳作を受賞。九八年「ツール&ストール」で第二〇回小説推理新人賞を受賞。「福家警部補」「白戸修の事件簿」「警視庁いきもの係」のシリーズがテレビドラマ化され、反響を呼んだ。二〇一七年、映画『名探偵コナン から紅の恋歌』の脚本を担当し、二一年のテレビアニメ『ルパン三世PART6』ではシリーズ構成を手がける。他の著作に『死神さん』『一日署長』などがある。

犬《いぬ》は知《し》っている

二〇二二年一月二〇日　第一刷発行
二〇二四年三月二五日　第五刷発行

著者　大倉崇裕
発行者　箕浦克史
発行所　株式会社双葉社
〒162-8540
東京都新宿区東五軒町3-28
電話　03-5261-4818（営業部）
03-5261-4831（編集部）
http://www.futabasha.co.jp/
（双葉社の書籍・コミック・ムックが買えます）

印刷所　大日本印刷株式会社
製本所　株式会社若林製本工場
カバー印刷　株式会社大熊整美堂
DTP　株式会社ビーワークス

ISBN978-4-575-24711-4 C0093